Ernst von Wolzogen

Unjamwewe - Komödie in vier Aufzügen

Ernst von Wolzogen

Unjamwewe - Komödie in vier Aufzügen

ISBN/EAN: 9783744622622

Hergestellt in Europa, USA, Kanada, Australien, Japan

Cover: Foto ©Andreas Hilbeck / pixelio.de

Weitere Bücher finden Sie auf **www.hansebooks.com**

Unjamwewe

Ernst Freiherr von Wolzogen.

München 23.

Unjamwewe

Komödie in vier Aufzügen

von

Ernst von Wolzogen

Berlin W
F. Fontane & Co.
1897

Personen:

Rudolf Gerth, Konsul und Reichstagsabgeordneter.
Leonore, geb. v. Crantz, dessen Frau.
Eva, Dagmar (10 und 6 Jahre alt), deren Kinder.
Melanie v. Crantz, Frau Gerth's Schwester.
Dr. Franz Ewert, Afrikareisender.
Graf Malte v. Bohlen.
Emmy, seine Frau.
Graf Dedo v. Bohlen, Kavallerieleutnant, dessen Neffe.
Kommerzienrat Crusius.
Bankier **Benno Engel.**
Redakteur **Rüßheimer.**
Fritz Fröschl, Sekretär bei Gerth.
Kathi Weinzierl, Schauspielerin.
Deren **Mutter.**
Fräulein **Crusius.**
Fräulein **Meinhardt.**
Hatim, ein Neger.
Friedrich, Diener bei Gerth.

Das Stück spielt in Berlin in den 80er Jahren.

(Ära Caprivi.)

Erster Aufzug.

Sehr elegant ausgestattetes Arbeitszimmer beim Konsul Gerth. In der Mitte des Hintergrundes eine große zweiflügelige Schiebethür, durch welche man in einen eleganten Salon hineinsieht. Zwei große Fenster in der Seitenwand rechts (vom Zuschauer). Vorne rechts, frei im Zimmer stehend, großer Diplomatentisch, luxiös ausgestattet, unter anderem mit einem tragbaren Telephonapparat. Eine Thür links führt ins Schlafzimmer, eine zweite, weiter zurück in den Korridor. Divan mit kleinen Tischchen links vorn, quer über die linke Ecke; hinten ein üppiger Kaminofen mit Polstersesseln davor. An den freien Wänden große Bücherschränke, Oelbilder ꝛc. nach Geschmack.

Die Schiebethür ist offen, man sieht beim Aufgehen des Vorhanges weit hinten den Konsul Gerth mit einem Bein auf einen Stuhl knieen und mit lebhaften Gestikulationen eine Rede halten. Fritz Fröschl steht ganz vorn dicht vor dem Souffleurkasten mit dem Rücken gegen das Publikum, breitbeinig, die Hände unter den Rockschößen. Der Konsul ist ein Vierziger mit leichtem Embonpoint, aber jugendlich beweglich, dunkelblondem Haar mit beginnender Glatze, kurz gehaltenem, zugespitztem Vollbart, gutmütigem, liebenswürdigem Gesicht. Fröschl hat untersetzte Figur, etwas ungeschickte Bewegungen, rotes kurzgeschorenes Haupthaar, Sommersprossen, unbedeutenden Schnurr- und keimenden Backenbart, trägt langen schwarzen Rock und goldene Brille, die ihm stets schief sitzt. Intelligentes, gesundes Gesicht.

Gerth (redet laut hinten im Salon, ohne daß man ihn im Zuschauerraum versteht. Es werden nur von Zeit zu Zeit einige, besonders stark hervorgehobene Worte, die er mit lebhaften Handbewegungen begleitet, vernehmbar, wie ꝛ. B.): „Ich wiederhole Ihnen, meine Herren . . . wenn das deutsche Reich seine junge Kraft bei dieser Gelegenheit nicht machtvoll bethätigt . . . . . . Meine Herren! Deutschland ist allzeit lichtbringend vorangeschritten, seit es in die Reihe derjenigen Völker eingetreten ist, die . . . Das ist ja eben das Großartige an unserer Zeit, daß die Lasten, die sie uns aufbürdet . . . ." Bin ich deutlich, verstehen Sie mich, Fröschl?

Fröschl (lebhaft einige Schritte nach hinten eilend): Pardon, Herr Konsul, Sie verschlucke die gute Hälft' von der ganzen schönen

Red'. Sie müsse viel deutlicher artikuliere. (Spricht ihm langsam vor mit stark schwäbischem Tonfall): Das ischt ja ebe das Großartige an unserer Zeit, daß die Laschte, die sie uns aufbürdet, Ehrelaschte sind.

Gerth (kommt nach vorn in das Studierzimmer): Ja, mein lieber Herr Fröschl, daß Sie die Rede, die Sie selber verfaßt haben, besser auswendig wissen wie ich, das will ich Ihnen ja gerne glauben, aber der Vortrag ist meine Sache. Sie können mir doch nicht zumuten, daß ich schwäbeln soll, um Ihnen Ehre zu machen? Einen Heiterkeitserfolg möchte ich mit meiner Jungfernrede nicht erleben.

Fröschl: Ja, aber mein beschter Herr Konsul, Sie habe doch selbscht gewünscht, daß ich über Ihren Vortrag mein Urteil abgebe soll. Die Norddeutsche könne ebe alle nit artikuliere.

Gerth: Ach, was Sie sich einbilden! Ich habe doch schon Reden genug gehalten in meinem Leben. In den Wählerversammlungen habe ich mein Publikum geradezu enthusiasmiert — und ohne schwäbeln, verstehen Sie!

Fröschl (gekränkt): Also ischt recht! — Wenn Sie mich nimmer brauche, Herr Konsul, dann kann ich wohl gehe? Ich hab' so noch notwendig zu schaffe.

Gerth: Herrgott! Sein Sie doch nicht gleich so übelnehmisch. Na, kommen Sie her, sein Sie man gemütlich! Herrje! Sie mit Ihrem schwäbischen Dickkopf! Da — setzen Sie sich bequem auf den Divan, strecken Sie meinetwegen alle Viere von sich — aber überhören Sie mich zu Ende. (Er nimmt ihn bei den Schultern und drückt ihn auf den Divan nieder.) Es ist sehr wahrscheinlich, daß ich schon morgen Gelegenheit finde, mich zum Wort zu melden. Na, und so ein erstes Auftreten im deutschen Reichstag, Donnerwetter — das ist doch 'ne Sache, ha, ha! Also hören Sie zu! (Nimmt hinter dem Schreibtisch Aufstellung und räuspert sich.) Hm, äh, — da — nun habe ich den Faden verloren. Sie haben mich ganz aus der Stimmung gebracht. (Zieht ein Manuskript aus der Tasche und sucht darin. Aha, hier! (Liest): „Meine Herren! Die Gelegenheit, die uns gerade jetzt eine glückliche Fügung bietet, kehrt vielleicht sobald nicht wieder." (Wieder sprechend.) Ja, lieber Fröschl, was ich sagen wollte: Sie haben an dieser Stelle es beinahe auffällig vermieden, den Namen

Franz Ewert zu nennen. Sie haben sogar Ausdrücke gebraucht, die beinahe wie Spott klingen. (Zitierend:) „Wie ein übermütiger Studentenstreich mutet uns diese Erwerbung des großen Reiches Unjamwewe an, mit dem in Kakao ausgebrachten Hoch auf Sr. Majestät den Kaiser und der Absingung des alten deutschen Nationalliedes: ‚Was kommt dort von der Höh'!‘.“

Fröschl: No freili, so isch't's doch zugange.

Gerth: Na, wissen Sie, Ewert ist ein Humorist — wenn der uns nur keinen Bären aufgebunden hat. Aber das ist ganz gleich, — solche Späße scheinen mir in dem hohen Hause nicht recht am Platze zu sein; ich würde es vielmehr für durchaus richtig halten, an dieser Stelle die Gelegenheit zu ergreifen, um einmal dem ganzen deutschen Volke einen echten modernen Helden persönlich vorzustellen, so zu sagen — einen kühnen Pfadfinder im schlichten bürgerlichen Gewande des Gelehrten, einen . . . . (Etwas verwirrt.) Wie? Meinen Sie nicht? (Kommt hinter dem Schreib-tisch vor, setzt sich auf den nächsten Stuhl und trocknet sich die Stirn.)

Fröschl (steht auf und tritt näher): Wisse Se, Herr Konsul, ich thät' mich an Ihrer Stell' doch nit zu stark engagiere für den Herrn Ewert. Ich kann mir nit helfe, mir macht der Mann e biss'l e abenteuerliche Eindruck.

Gerth: Ach was denn! Sie sind doch sonst nicht so ängstlich, mein Lieber, und Sie müssen bedenken, ich kenne Ewert seit seinen Knabenjahren. Ich sage Ihnen, der hat schon als Tertianer eine kolossale Energie entwickelt. Habe ich Ihnen das nicht erzählt, daß mein Vater ihm durch ein Stipendium zum Studium verholfen hat? Ich arbeitete ja damals schon im Komptoir unsres Hauses, als er noch den Julius Caesar über setzte. Aber er war doch viel bei uns im Hause und wir haben ihn immer im Auge behalten und uns von seinen Talenten und seinem Charakter immer Enormes versprochen.

Fröschl: Ja das habe Sie mir freili erzählt Herr Konsul, aber . . Sie habe mir auch erzählt, daß Sie ihm die Unter richtsstunde in der Familie Ihrer zukünftigen Frau Gemahlin verschafft habe iehe Se, Ihre Frau Gemahlin kennt ihn also auch, und Sie wisse selbscht, Herr Konsul, daß die gnädig' Frau durchaus nit übermäßig eingenomme isch't vom Herrn Doktor Ewert.

Gerth: Mein Gott! Das sind so ... was will denn das sagen? Meine Frau ist sehr empfindlich gegen schlechte Manieren und die mag er freilich damals gehabt haben.

Fröschl: Ja — ich weiß doch nit — die gnädig' Frau hat einen so scharfe Blick für Menschen ....

Gerth: Ach was, er ist halt kein Damenmensch; ich sage Ihnen, mein lieber Fröschl, die echten Herren=Naturen gehen nicht durch die Welt ohne rechts und links anzustoßen. (Hinten links werden Stimmen laut. Gerth wendet sich ungeduldig um.) Was giebt's denn? Ich bin jetzt für niemand zu sprechen. Ach so! die Kinder.

Melanie v. Crantz, Frau Leonore, Eva und Dagmar kommen vom Spaziergang, in Wintertoilette. Die Kinder laufen durch den Salon nach vorne. Die beiden Damen bleiben noch im Salon sichtbar, wo sie ihre Überkleider ablegen und einem Mädchen übergeben.

Dagmar (eilt auf Fröschl zu, hängt sich an seinen Rock): Tag, Onkel Fritzle, ich will mal reiten!

Gerth: Na, du Nichtsnutz, Papa sagst du gar nicht guten Tag? (Eva und Dagmar rufen gleichzeitig: Guten Tag Papa! küssen ihn flüchtig und hängen sich dann wieder an Fröschl.)

Eva: Ja, Onkel Fritzle, du mußt mit uns spielen, du darfst nicht immer keine Zeit haben.

Fröschl: Ja grüß' Euch Gott Kinderle, wart ihr schön spaziere mit der Mama?

Dagmar: Hm! Ich hab' die Goldfische gefüttert, ich hab' ihnen einen Kuchen mitgebringt.

Fröschl: Ei! da werde aber die Goldfische e Freud g'habt habe.

Eva (ungeduldig): Fix, fix, wir wollen spielen, du mußt Pferd sein, aber richtig auf allen Vieren wie neulich. Dagy darf reiten und ich hau dich.

Gerth: Haha! Das ist auch ein Herrenweib! (Erhebt sich.)

Melanie: (Schönes, sehr elegantes Mädchen von etwa 20 Jahren, kommt nach vorne.) Pfui Eva, schäm dich! wer wird so ungezogen sein. Herr Fröschl, Sie lassen sich viel zu viel gefallen.

Fröschl: A was, des macht nix.

Melanie (zu Gerth, ihm die Hand reichend): Tag, Schwager! Entschuldige, daß wir dich hier aufstören, aber wir haben uns schon verspätet, es können jeden Augenblick Gäste kommen.

Gerth: Gäste? Wieso? Ach richtig, heut ist ja unser Dienstag. Da muß ich wohl . . . (Deutet auf seinen Anzug.)

Leonore: Nun macht ihr aber, daß ihr hinauskommt Kinder. (Zu Melanie und Gerth.) Ihr seid wohl so gut einzuweilen zu empfangen, ich muß mich geschwind umziehen. Na, Kinder wird's bald eins! zwei! drei!

Eva: Ja, aber Onkel Fritzle muß mitkommen.

Fröschl: Ich weiß nit, wenn mich der Papa nit mehr braucht. (Die Kinder drängen sich an ihn und flüstern ihm eifrig in's Ohr, ganz im Hintergrund links.)

Gerth: Übrigens, meine Damen, uns steht ein großes Ereignis bevor. Ich bin dem Grafen Bohlen vorhin begegnet und der hat mir versprochen, heute nicht nur selbst mit Gattin zum jour fix zu kommen, sondern auch den Helden des Tages mitzubringen.

Melanie (freudig): Ach! — Ewert kommt? Du Leonore, denk doch, Ewert kommt: ich freu mich riesig! Es ist doch zu reizend, wenn aus so einen ganz gewöhnlichen Menschen, den man als Kind gekannt hat, auf einmal ein berühmter Mann geworden ist! Freust du dich nicht auch riesig?

Leonore: Riesig?! Ich finde, dem berühmten Manne hätte es etwas früher einfallen können was er der Familie Gerth schuldig ist. Er hätte nicht darauf zu warten brauchen bis er vom Grafen Bohlen hergeschleppt wird.

Gerth: Erlaube mal, Ewert ist kaum 14 Tage in Berlin! Du hast keine Ahnung wie er in Anspruch genommen ist. Sag blos, was hast du eigentlich gegen Ewert?

Leonore (zu Melanie): Du Melanie schaffe mir die Kinder hinaus, hörst du? Kinder! marsch fort mit Euch! seid folgsam!

Eva (triumphierend): Fritzle kommt mit!

Dagmar: Hoch!

Fröschl: Wenn Sie erlaube, Herr Konsul!

Gerth: Bitte, bitte. Lassen Sie sich nur nicht zu arg maltraitiren.

(Fröschl nimmt Dagmar Huckepack, Eva haut auf ihn ein, Melanie hält ihnen die Thür links offen. Alle ab unter Geschrei und Gelächter.)

Gerth: Nun sag mal, was hast du eigentlich gegen den Ewert?

Leonore (etwas unruhig und befangen): Ach ich .... es ist also sicher, daß er heute herkommt?

Gerth: Graf Bohlen hat sich feierlich verpflichtet ihn tot oder lebendig zur Stelle zu bringen.

Leonore: Gott! Was macht Ihr für ein Wesen mit dem Manne, der Graf auch. Ihr seid ja wie behext.

Gerth (etwas komisch wichtigthuerisch): Ja siehst du, liebes Kind, da tritt nun einmal wieder der Unterschied zwischen männlicher und weiblicher Auffassung so recht eklatant zu Tage. Du kannst den Mann nicht leiden, weil du vor X Jahren vielleicht an seiner Nase etwas auszusetzen fandest oder an seiner Manier die Suppe zu löffeln.

Leonore: Oh erlaube!

Gerth: Na ja, oder was es nun sonst gewesen sein mag. Wir Männer aber sehen in ihm in erster Linie den Vertreter einer großen Idee. Na ja, was lächelst du denn?

Lonore: Willst du ein Geschäft mit ihm machen?

Gerth (zieht ihren Arm durch den seinen und tritt mit ihr ganz in den Vordergrund): Ich werde dir einmal reinen Wein einschenken. Natürlich ist Diskretion Ehrensache — ich weiß, daß ich mich in dieser Beziehung auf dich verlassen kann. Also, es ist was im Werke — Central-afrikanische Gesellschaft oder so was. Das Großkapital muß sich mal hineinstürzen in den dunklen Konti= nent; 'n bischen illuminieren, ha, ha! Graf Bohlen ist Feuer und Flamme für eine großzügige Kolonialpolitik und du weißt, Bohlen ist kein unpraktischer Schwärmer. Er ist eine hervor= ragende Intelligenz, sein Name, seine imponierende Persönlichkeit — und dann vor allen Dingen — er hat das Ohr des Kaisers! Der läßt nicht locker wenn er sich was in den Kopf gesetzt hat. Ist überhaupt ein famoser Charakter — der Bohlen.

Leonore: Ja, ja, über Bohlen sind wir uns ja einig.

Nun, und du, lieber Freund, du willst dich wohl finanziell be-
teiligen?

Gerth: Ich halte das einfach für eine nationale Pflicht.
(Da er das ungläubige Lächeln seiner Frau bemerkt, verlegen.) Das heißt,
selbstverständlich verspreche ich mir, für die Zukunft wenigstens,
einen glänzenden Gewinn: lieber Gott, man ist doch zunächst
mal Kaufmann! Sieh mal, liebes Herz, es ist sehr wahrschein
lich, daß ich alle Fäden in die Hand bekommen werde. Du
weißt, morgen lasse ich vermutlich meine große Rede im Reichstag los, na und — hehe! die werden schon aufwachen, die
Schlummerköpfe! Ich und mein Haus werden vermutlich zum
Ausgangspunkte der ganzen Geschichte werden; ich möchte sagen:
ich und mein Haus sind in erster Reihe berufen, die Idee zu
repräsentieren. Na, und da wirst du begreifen, daß du als
Repräsentantin des Hauses im engern Sinn . . . .

Leonore: Ah so, ich verstehe schon. (Macht sich von ihm
los, denkt einen Augenblick nach, setzt sich dann auf die Lehne des Divans und spricht,
den Blick fest auf ihren Mann richtend.) Also mein bester Rudi, dann
bin ich dir auch volle Offenheit schuldig. Du tarierst mich
doch ein wenig zu gering, wenn du meinst, ich ließe mich in
meinem Urteil über diesen berühmten Ewert durch die Erinnerung
an einstige schlechte Manieren oder dergleichen bestimmen. Also
kurz und gut: der Mann hat mir in den letzten Monaten die
er damals in unserem Hause verkehrte in einer Weise den Hof
gemacht . . .

Gerth: Ja mein Engel, das kannst du ihm doch wahrhaftig nicht übelnehmen? Welcher Mann von gutem Geschmack
und empfänglichem Herzen sollte denn dir nicht den Hof machen?
(Er streckt ihre beide Hände entgegen.)

Leonore (legt die Ihrigen leicht hinein und wiegt während des Folgenden
seine Arme hin und her): Na, mein Guter, du sollst auch nicht nach-
träglich eifersüchtig werden, das verlange ich absolut nicht von
dir! Aber wenn ein armer Teufel von Hauslehrer seiner ältesten
Schülerin, von der er weiß, daß sie ein Mitgift von 600 000
Mark zu erwarten hat, in einer so dreisten Art den Hof macht
wie es damals Franz Ewert that, so heißt das für mich nicht
etwa: der arme Kerl war blind verliebt — sondern ganz im
Gegenteil: er war ein skrupelloser Spekulant.

Gerth: Na, na, skrupellos, wie so? Ein toller Drauf-
gänger ist er freilich immer gewesen, aber mit seiner Drauf-
gängerei hat er jetzt auch Unjamwewe und die angrenzenden
Königreiche für Deutschland erobert. Er ahnte wohl schon damals, daß er 600 000 und mehr wert war unter Brüdern —
haha — imponiert mir! kann ich nicht anders sagen: imponiert mir!

Leonore (läßt seine Hand los und läßt sich auf den Diwan fallen):
So? Na! Du erinnerst dich wohl noch, daß damals die Ver-
einigung unsrer beiden Häuser schon so gut wie beschlossene
Sache war. Unsere Verlobung wurde als etwas ganz Selbst-
verständliches jeden Tag erwartet; das hat Ewert doch auch
gewußt.

Gerth: Glaubst du?

Leonore: Ich weiß es; denn er hat sich nicht gescheut
von dir in Ausdrücken zu sprechen die . . . das nenne ich eben
skrupellos.

Gerth: Oh! in Ausdrücken — in was für Ausdrücken,
bitte?

Leonore: Findest du das hübsch? Deinem Vater und
dir verdankt er doch so gut wie alles — auch die Einführung
in unser Haus. Hältst du die Dankbarkeit für eine überflüssige
Sentimentalität? Imponiert dir so ein Charakter?

Gerth (kopfschüttelnd): Das ist freilich — — — hm, hm,
hm . . . . Aber sag doch, was für Ausdrücke denn z. B.?
Was hat er denn von mir gesagt? Es ist ja schließlich ganz
egal — wenn einer ein großes Ziel verfolgt, dann ist er eben
rücksichtslos — aber ich möchte doch gerne wissen . . . . .

Leonore: Mein Gott! Du wärst brav und gut und
treu und redlich und alles mögliche Schöne, nur . . . . nur
deine Intelligenz hat er bemängelt.

Gerth: Haha! Wenn's weiter nichts ist! (Reibt sich die
Hände.) Damit scheint mir Ewert's Franz nun doch ein bißchen
hineingefallen zu sein. Hab' ich Recht, was? Du hast meine
Intelligenz noch nicht bemängelt, mein Herzchen, hehe — na
und ich denke, die Ereignisse haben dein Vertrauen gerechtfertigt,
wie? Habe ich nicht nach dem Tode meines Vaters mein Haus
erst recht in die Höhe gebracht? Habe ich ihm nicht sogar zu

politischem Einfluß verholfen? Hat man mich etwa wegen mangel=
hafter Intelligenz in den Reichstag gewählt? ha ha ha! Na —
und wenn ich morgen erst meine große Rede losgelassen haben
werde, — hm.

Leonore: Deine Rede!?

Gerth: Dem Wortlaute nach ist sie ja freilich von dem
guten Fröschl verfaßt, nun ja — aber der Gedankengang ist doch
von mir, ich habe ihm doch jeden Satz inspiriert. Es ist doch
schließlich nicht zu verlangen, daß der bedeutende Denker auch
durchaus ein glänzender Stylist sein muß. Der gute Ewert
desavouiert sich übrigens selber; denn, wenn er jetzt keinen
Respekt vor meiner Intelligenz hätte, dann würde er mich doch
nicht so drängen, mich an die Spitze der kaufmännischen Aus=
beutung seiner eroberten Reiche zu stellen.

Leonore: So! thut er das?

Gerth: Ja wohl, thut er. Und sieh mal! wenn er bisher
immer noch gezögert hat, dir seine Aufwartung zu machen, so
beweist das nichts andres, als daß er sich vor dir schämt: denn
jetzt müßte er doch gestehen, daß er damals der Dümmere von
uns Beiden gewesen ist. (Er setzt sich zu ihr auf den Divan und schlingt
den Arm um sie.) Ach mein schönes, kluges Weibchen, du bist
doch . . . . . ich finde es rührend, wirklich rührend von dir,
daß du das all die Jahre mit dir herumgetragen hast. Mein
Gott! die Rücksichtslosigkeiten einer Herrennatur müssen eben
anders beurteilt werden . . . . .

Leonore: Herrennatur?! Lieber Freund, wer wird so
sehr den modischen Schlagwörtern nachlaufen. (Wirft ihm lächelnd
einen Kußfinger zu und geht rasch links hinten ab.)

Gerth (seiner Frau nachrufend): Erlaube mal, ich laufe doch
nicht blos so nach! hm. (Versenkt die Hände in die Hosentaschen, sieht nachdenklich da.)

Friedrich (durch die Mitte herein): Herr Bankier Engel und
Herr Redakteur Ringheimer . . . .

Gerth (auffahrend): Wie? Ach jo, da kommen sie schon zum
jour. Einen Augenblick, ich muß mir blos einen andern Rock
anziehen.

Friedrich: Die Herren kommen in Geschäften, Herr Konsul, sie bitten nur um ein paar Minuten.

Gerth: In Geschäften? So, na meinetwegen; ich lasse bitten. Schließen Sie die Thüre hinter den Herren.

Friedrich: Sehr wohl, Herr Konsul. (Hinten ab.)

(Gleich darauf erscheinen Engel und Rügheimer im Salon.)

Gerth (den Herren entgegengehend): Ah! meine Herren, womit kann ich Ihnen dienen? Bitte sehr, wollen Sie nicht hier hereintreten?

Engel (kleiner, dicker, sehr lebhafter Herr in den Fünfzigern, graues, kurzgeschorenes Haar, kleiner Schnurrbart, etwas o = beinig, sehr rascher, schiebender Gang, kommt mit Rügheimer eilig nach vorne.) Servus Herr Konsul! Zwei Minuten bitte, habe furchtbare Eile. Donnerwetter sehen Sie brillant aus! Orden gekriegt? was? Ne? Schadt nischt. Wissen Se, ich bin nämlich unterwegs zum Geheimrat Kulisch. Offizielle Sache, furchtbar eilig. Montanwerke hundertundsiebenundsechzig — wissen Se doch? Wir wollen unterwegs ein feines Entrefilet deichseln, dazu habe ich mir Herrn Rügheimer mitgebracht; Sie kennen doch Rügheimer?

Gerth: Jawohl, gewiß, ich habe das Vergnügen.

Rügheimer: (Schlank, blond, etwa 35 Jahre, beißt in Kleidung und Manieren den Offizier heraus.) Sie entschuldigen Herr Konsul, daß ich hier so formlos eindringe, aber es wäre mir von Wichtigkeit Ihre Ansicht zu hören über die Sache . . . . .

Engel: Sie, Konsul, kann ich mal bei Ihnen telephonieren? (Sieht sich um.) Ah! da haben Sie ja so'n Dings — praktisch! schaff ich mir auch an. (Dreht die Kurbel des Telephons und spricht hinein.) Bitte Fräulein! Amt sieben — Hört wieder nicht die Gesellschaft! (Wendet sich zu Gerth.) Sagen Se mal, Konsul, werden Sie nicht auch mal reden im Reichstag? Sie müssen das doch können — Ihr Toast beim Jubelfest der Industriellen war wirklich großartig, da mußte ja Rügheimer mit seinen poetischen Börsen berichten vor Neid erblassen. (Dreht wieder die Kurbel und ruft laut in den Schallbecher.) Bitte, Amt sieben — das heißt, jetzt habe ich zum letztenmal gebeten; die Frauenzimmer sitzen wieder auf den Ohren. (Sich umwendend.) Wissen Se Rügheimer, Ihre Börsenberichte sollten Sie als Bändchen herausgeben in weiß Atlas gebunden mit Goldschnitt. Rügheimer ist nämlich nicht nur Premierleutnant der Landwehr, sondern auch Dichter und zwar — eiwei! Na endlich, Amt sieben! (In ren Schallbecher.) Bitte zwölwe sieben und achtzig, Salomon — zwölwe sieben und achtzig! Nanu, ich spreche doch deutlich genug!

Gerth: Wenn Sie mich hören wollen im Reichstag, Herr Engel, ich werde morgen vermutlich meine Jungfernrede vom Stapel lassen bei Gelegenheit der Kolonialdebatte.

Engel: Kolonialdebatte? phü! Denn knie'n Se sich man feste rein! Wir werden unser schönes Geld verpulvern für so'n Blödsinn! Mohrenköppe gehören mit Schlagsahne; det is außer dem bill'ger!

Gerth: Pardon, ich gedenke mit aller Entschiedenheit f ü r das ostafrikanische Projekt einzutreten.

Engel: Nanu?! Pardon, Salomon ist da! (In ten Apparat.) Hier Benno Engel! Mahlzeit Salomon! Haben Se gekauft? 87 ³/₄. Wieviel? I wo? Is bombensicher, ich bin eben auf dem Wege zum Geheimrat Kulisch, werd' mal 'n bißchen Feuer unterlegen. — Wie? natürlich Montanwerke — Konsul Gerth muß auch mitmachen.

Gerth: Entschuldigen Sie Verehrter, ich kann mich absolut nicht bei neuen Unternehmungen engagieren, die Kolonialsache verlangt jetzt meine ganze Kraft.

Engel: Auf den Leim kriechen Se? (Lacht laut, schon wieter über ten Schallbecher gebengt.) Pardon! (Umgewentet.) Wer lacht da? fragt Salomon. (In's Telerphon.) Also ich verlasse mich auf Sie — ja — jawohl — wie? Selbstverständlich. — M. W. — Schluß. Morjen! (Läutet ab und hängt ten Hörer ein.)

Gerth (gekränkt): Ich verstehe nicht wieso Sie das lächerlich finden. Kommerzienrat Crusius ist dabei und Graf Bohlen und . . . . .

Engel: Na, nehmen Se's nicht übel Konsul, Sie sind doch ein liberaler Mann, gut fortschrittlich, nich?

Rügheimer: Ah, das ist höchst interessant: Sie auf der Seite der Kolonialfreunde? das kann eine Sezession innerhalb der „Fraktion geben. Es wäre mir von größtem Interesse Ihre Ansichten . . . . .

Engel (ihn formlos unterbrechend): Warum in die Ferne schweifen sieh's das Gute liegt so nah? Montangesellschaft ist jedenfalls sicherer als Kilimandscharo.

Gerth (achselzuckend): Bedaure sehr, kann unmöglich . . .

Engel (nach der Uhr schauend): Herrje! schon zehn Minuten nach fünwe! Kommen Se Rügheimer, wir dürfen den wirklichen Geheimen nicht verfehlen. Mahlzeit Herr Konsul! Bitte mich Ihren Damen zu Füßen zu legen. Apropos! Sie kommen doch Sonnabend alle zum Presseball?

Gerth: Ich glaube meine Damen sprachen davon.

Engel: Na, natürlich kommen Se. Ihr Held, der Doktor Ewert, wird ja auch da sein.

Rügheimer: Wenn ich vielleicht Herrn Konsul dienen kann. Ich bin im Ball=Comité. Drei Karten, nicht wahr?

Gerth: Wenn Sie so freundlich sein wollen.

Engel (ungeduldig): Kommen Se, kommen Se, fix, avanti! (Rasch ab durch die Korridorthür links, mit Rügheimer.)

Sobald die Herren hinaus sind tritt Friedrich ein, die Schiebethür weit öffnend.

Friedrich: Herr Leutnant Graf Bohlen!

Gerth: Natürlich, lasse bitten — ja so, ich muß mich ja umziehen.

Melanie (tritt von links ein): Schon Gäste da?

Gerth: Jawohl, bitte empfange den Herrn einstweilen, ich bin im Augenblick wieder da. (Rasch ab links.)

Graf Dedo (kommt durch den Salon nach vorne. Hübscher, sympatisch aussehender junger Mann von etwa fünfundzwanzig Jahren in beliebiger Kavallerie=uniform, spricht ohne die typische Leutnants=Affektation): Mein gnädiges Fräulein! (Verbeugt sich.)

Melanie (sichtlich freudig überrascht ihm die Hand reichend): Ah — Graf Bohlen! Entschuldigen Sie, Sie finden mich allein, mein Schwager und meine Schwester werden sofort erscheinen.

Graf Dedo: Pardon wenn ich zu früh komme.

Melanie: Aber nein, ich bitte Sie. Wollen wir hier . . .

Graf Dedo: Wie Sie befehlen, meine Gnädigste. — Ah!

das Arbeitszimmer Ihres Herren Schwagers? Soviel Bücher! — Das sieht ja ganz gelehrt aus — ich hätte mir gedacht —

Melanie: Wollen wir uns nicht setzen? (Sie nimmt auf dem Diwan Platz, Dedo rollt einen Sessel heran.) Bitte, was wollten Sie sagen? Warum soll ein Großkaufmann nicht Freude an Büchern haben?

Graf Dedo: Oh, ich meinte nur — Unsereiner hat so gar keine Vorstellung von dieser Welt der großen internationalen Handelsbeziehungen. Ich habe immer einen riesigen Respekt gehabt vor den Dingen, von denen ich gar nichts verstehe. So ein Großkaufmann wie Ihr Herr Schwager, der muß ja immer so zu sagen tausend Fäden in der Hand haben — das muß in so einem Kopfe aussehen wie in einem Zentral-Telegraphen-Bureau.

Melanie: Nun darauf werden Sie als Offizier doch auch trainiert. Sie wollen doch gewiß auch mal Generalfeldmarschall werden?

Graf Dedo: Ich glaube, dazu habe ich die Geduld nicht, abgesehen von dem Talent. Jetzt bin ich sechs Jahre Sekonde leutnant. Ich bitte Sie! Sekondeleutnant in Friedenszeiten! Dabei ohne nervenanreizende Passionen, außer natürlich das bißchen Sport. Ich sage nicht einmal; wenn ich zum Philister Talent hätte, dann wäre ich es wahrscheinlich schon geworden. Fünf Jahre in einer kleinen Garnison mit der Aussicht es in zwölf Jahren zum Rittmeister zu bringen und dann seinen Ab schied zu nehmen, um sich auf seine Güter zurückzuziehen — die man nota bene nicht mal hat — ich bin ja der Jüngste meines Geschlechtes.

Melanie: Ja, wozu hätten Sie denn sonst Lust?

Graf Dedo: Lust? Ach zu allem, wobei man sein Drauf gänger Temperament nützlich verwerten konnte. Aber es ist ja unsereinem so schwer gemacht. Was giebt es denn für anständige Berufsarten für unsereinen? Besonders wenn man das Geld verdienen nicht absolut nötig hat. Man kommt sich so kolossal überflüssig vor — bloß so Reit und Turnlehrer spielen!

Melanie: Ja — und die Erfolge im Salon, auf dem Turf?

Graf Dedo: Mein gnädiges Fräulein, spotten Sie doch

nicht. Oder könnten Sie sich etwa für einen Mann erwärmen, der nichts ist als ein hübscher Junge und ein flotter Tänzer?

Melanie: Oh ich weiß nicht — ich glaube — wenn man liebt weiß man doch meist nicht warum. Glauben Sie nicht auch?

Graf Dedo: Ah! das wäre .... Ich wenigstens möchte doch ganz genau wissen warum ich Gegenliebe verdiene. Pardon, ich drücke mich wohl dumm aus. Ich weiß nicht ......
(Im Nebenzimmer werden einige Damenstimmen laut.)

Melanie (erhebt sich rasch, mit ersichtlichem Bedauern über die Störung) Ach Gott! da kommen Gäste. Meine Schwester könnte auch wirklich .... Sie verzeihen, Herr Graf. (Rasch ab in den Salon, wo man sie die Damen begrüßen sieht.)

Graf Dedo (der sich gleichfalls rasch erhoben hat sieht ihr bewundernd nach, schnickt ärgerlich mit den Fingern und murmelt für sich): Ae fatal!

Gerth (kommt eilig von links, in schwarzem Gehrock, auf den Grafen zu, der gerade in den Salon treten will): Ah! mein lieber Herr Graf, haben Sie Ihren Herrn Onkel nicht gleich mitgebracht?

Graf Dedo: Erwarten Sie meinen Onkel heute?

Gerth: Ja freilich — große Überraschung! Er bringt uns den Helden des Tages mit.

Graf Dedo: Den Doktor Ewert?

Gerth: Natürlich! Hat Ihnen denn Melanie das nicht erzählt? Hm, merkwürdig! An das Wichtigste denken die Mädels immer nicht. Na kommen Sie, lassen wir die Damen nicht länger schmachten — hehehe! (Schiebt cordial seinen Arm unter den des Grafen und geht mit ihm in den Salon ab.)

(Die Vorderbühne bleibt einen Augenblick leer; aus dem Salon ertönt leb= haftes Gespräch. Man sieht Friedrich mit Theegeschirr hereintreten, das er auf ein, von vorne aus sichtbares, Tischchen setzt, an welchem Melanie den Thee bereitet, den Friedrich dann den Gästen präsentiert. Plötzlich verstummt das Gesumm der Stimmen.

Graf Malte von Bohlen und Doktor Franz Ewert treten hinten herein und werden bald im Salon sichtbar.)

Gerth (eilt auf den Grafen zu, begrüßt ihn lebhaft und wendet sich dann mit erhobener Stimme zu den Gästen): Meine verehrten Herrschaften, wir haben die Ehre und die Freude, Herrn Doktor Franz Ewert,

den ruhmreichen Wehrer des Reiches, heute zum ersten Male in
unserem Hause begrüßen zu dürfen. Mein lieber Herr Doktor,
es ist mir eine ganz besondere Genugthuung, daß ich Sie . . . .
(Das Folgende wird unverständlich.)

Leonore ist schon während der ersten Worte ihres Gatten von links,
zweiter Thüre, aufgetreten in elegantem tea-gown. Sie eilt hastig bis zur
Schiebethür, bleibt dort horchend stehen. Dann schiebt sie den einen Thür=
flügel vorsichtig bis zur Mitte zu und späht an der Seite an einer durch=
sichtigen Stelle der Mattglas=Scheibe in den Salon hinein.

Ewerts (Stimme unsichtbar im Salon): Aber mein verehrter
Herr Konsul, Sie beschämen mich wirklich; es wäre meine eine
sache Pflicht und Schuldigkeit gewesen Sie schon längst aufzu
suchen. Ah! Pardon, ist das nicht das Fräulein Marie von
Cranß?

Gerths (Stimme): Ja wohl, aber Melanie, bitte!

Ewerts (Stimme): Richtig, natürlich, ich bitte um Ent
schuldigung — Melanie! Nein — das kleine Fräulein Melanie!

Melanie (Stimme): Also haben Sie doch noch eine dunkle
Erinnerung an sie bewahrt, Herr Doktor?

Ewerts (Stimme): Dunkle — Oh! Sie haben übrigens
mehr gehalten als Sie versprochen haben. Was sind Sie schön
geworden!

Melanie: Oh —

Ewert: Ich bitte Sie, meine Herrschaften, habe ich nicht
Recht? So etwas habe ich nun unterrichten dürfen! Wissen
Sie noch wie lange der dreißigjährige Krieg gedauert hat? Haha!
Nein — bin ich stolz! (Nach einer kleinen Pause die durch eine unverstän
liche Antwort Melanies ausgefüllt wird.) Und Ihrer Frau Schwester geht
es doch gut? Werde ich nicht das Vergnügen haben Ihre Frau
Gemahlin begrüßen zu dürfen, Herr Konsul? (Das Gespräch wird
undeutlich, man hört, daß allgemeine Vorstellung erfolgt Fröschl tritt von links
hinten geräuschlos ein, überzeugt sich erst, daß noch keine Gäste im Studierzimmer
sind bevor er die Thür hinter sich schließt, wird mit Verwunderung Leonoren gewahr
und tritt einige Schritte vor.)

Leonore (die mit sichtbarer Erregung gelauscht hat, die Rechte gegen
das Herz gedrückt, hat sein Kommen nicht gehört und wendet sich nun erschrocken um)
Ah — Sie sind es Herr Fröschl! ich — ich wollte nur . . . . . .
(Bricht jetzt verlegen ab.)

Fröschl: Oh, ich bitt um Entschuldigung, gnädig' Frau, daß ich noch emal hier eindringe, ich wollt nur e Aktestück vom Schreibtisch hole.

Leonore: Sie bleiben doch da, lieber Fröschl? Sie werden doch nicht versäumen, sich den berühmten Mann auch anzusehen?

Fröschl (ironisch): Oh bitt' schön! des pressiert nit so arg.

Leonore (schaut ihn prüfend an): Mir scheint, Sie halten nicht allzuviel von Herrn Ewert?

Fröschl: Ich? — Oh ich kann mir kein Urteil erlaube; aber nach dem, was mir gnädig' Frau gesagt habe .....

Leonore: Ach so, darum? Ja wissen Sie, meine Ab= neigung stammt von früher her — das sind alte Geschichten; warum sollte sich ein Mensch nicht zu seinem Vorteil verändern können?

Fröschl: Schon, schon, — aber ich glaub nit, daß sich ein Charakter verändert, und zu Ihrem Urteil hab' ich e felse= seschtes Zutraue. Sie habe so ein'n sich're Blick, so des g'wisse weibliche Ahnungsvermöge — so etwas — ich weiß nit recht wie ich mich ausdrücke soll.

Leonore (reicht ihm die Hand): Ich danke Ihnen Herr Fröschl, es ist wirklich eine Wohlthat, einen Menschen um sich zu haben mit einem solchen freundschaftlichen Zutrauen. Ich dank' Ihnen wirklich von ganzen Herzen!

Fröschl (verwirrt, will ihr die Hand küssen, traut sich aber nicht und tritt mit einer linkischen Verbeugung zurück): Oh, gnädig' Frau!

Leonore: Nun dürfen Sie uns aber wirklich nicht davon laufen, kommen Sie! (Öffnet die Schiebethür):

Graf Malte (großer, sehr vornehm aussehender Herr, Anfangs der Fünfzig, mit leicht ergrauten vollem Haupt= und Barthaar, im Begriff mit Gerth ein= zutreten): Der Minister hat uns sehr freundlich empfangen, ich kann wirklich nicht anders sagen, er war die Liebenswürdigkeit selber, aber .....

Gerth (auf seine Frau zu): Da bist du ja endlich, liebes Kind. Doktor Ewert hat dich schon so vermißt, hehe! Also hier hast du unsern verehrten Gast; Vorstellung überflüssig — Ihr erneuert ja nur eine alte Bekanntschaft.

Leonore (verbeugt sich kühl gegen Ewert, der rasch hereingetreten ist, und reicht dann sehr herzlich dem Grafen Malte die Hand): Mein lieber Herr Graf, ich bitte tausendmal um Entschuldigung, daß ich so un höflich war, Sie warten zu lassen. Haben Sie Ihre Frau Ge= mahlin nicht mitgebracht?

Graf Malte: Oh doch! Sie ist drin bei den Damen — sie läßt ihr neues Kostüm bewundern.

Leonore (lachend): Ich werde mich sofort anschließen. Mir scheint, die Herren haben hier etwas Wichtiges mit einander zu besprechen. (Neigt leicht den Kopf gegen den Grafen und Ewert und will ab.)

Gerth: Aber Kind, du hast ja Doktor Ewert noch gar nicht mal die Hand gegeben. Warum denn so förmlich zwischen alten Bekannten?

Ewert (30 bis 35 Jahre alt, schlank, sehnig, mageres, gebräuntes Ge= sicht mit weißer Stirn, dunkelblondes Haar, sorgfältig frisiert, flotten Schnurrbart, trägt Zwicker, Ordensband im Knopfloch des modischen Gehrocks): Oh, Fräulein Leonore v. Crantz war mir damals schon entwachsen und das ist nun auch schon über neun Jahre her!

Leonore (immer noch kühl): Sie haben Carrière gemacht in= zwischen, Herr Doktor. Meinen aufrichtigsten Glückwunsch. Es hat mich sehr gefreut von Ihren außerordentlichen Erfolgen zu hören — es geht Ihnen gut, nicht wahr?

Ewert (etwas moquant): Danke, es passiert! Wenigstens schwimme ich jetzt oben; ich habe lange genug da unten herum kriechen müssen, wo es bekanntlich fürchterlich ist. Aber ich schwimme doch immer noch. So lange man keinen festen Boden unter den Füßen hat, ist man vor dem Ertrinken doch niemals sicher.

Leonore (auf das Ordensband deutend, ironisch): Da hat Ihnen ja schon jemand einen Rettungsgürtel zugeworfen.

Ewert: Ja nicht wahr, das war sehr freundlich? Ich hoffe sogar demnächst Hofrat in Gotha zu werden.

Gerth: Haha, Sie Spaßvogel! (Zu Leonore, sie auf den Arm klopfend.) Der ist scharf, mein Herzchen, was? (Zu Graf Malte er= klärend.) Sie haben schon damals vor neun Jahren immer Benedix und Batrice miteinander gespielt, hehe! Er gab ihr lateinischen Unterricht.

Leonore (macht sich ungeduldig von ihrem Manne los und geht auf Fröschl zu, verschleiert): Gestatten Sie, daß ich die Herren bekannt mache: unſer Freund, Herr Fröſchl, ein junger Gelehrter — Herr Graf Bohlen, Herr Doktor Ewert. (Beiderſeitige Verbeugung.)

Gerth (etwas befangen): Ja, denken Sie, meine Herren, ein Tübinger Stiftler, ein Theolog, der umgeſattelt hat und National= Ökonom geworden iſt.

Fröſchl: O bitte, ich bin nur der Sekretär vom Herrn Konſul. (Er will ſich zurückziehen.)

Graf Malte (geht ihm nach dem Hintergrunde nach und redet ihn ſehr freundlich an: Das iſt allerdings eine merkwürdige Carrière. Sagen Sie, Herr Doktor .... (Das Geſpräch wird leiſe weiter geführt.)

Gerth: Ich denke wir ſtecken uns eine Friedenspfeife an, hehe! (Geht nach rechts hinten, wo er aus einem der Bücherſchränke verſchiedene Cigarrenkäſtchen hervorſucht.)

Ewert (in der Mitte des Vordergrundes raſch und leiſe zu Leonore) Gnädige Frau, ich bitte Sie, es ſind doch neun Jahre her und Sie tragen mir immer noch etwas nach — was denn nur? Seien wir doch ehrlich!

Leonore: Ich bin ehrlich, Herr Doktor! Sie ſehen doch, daß ich den Mann geheiratet habe, den Sie damals ..

Ewert: Ach deswegen! Was wollen Sie? Ich war doch auch ehrlich damals. Was ich geſagt habe, iſt ſicherlich meine Meinung geweſen. Wenn ich mich geirrt habe — um ſo beſſer. Muß ich Sie darum um Entſchuldigung bitten? Doch höchſtens ihn — alſo!

Leonore (blickt raſch zu ihm auf und bemerkt, daß er ironiſch lächelt. Sie beißt ſich auf die Lippen und ſagt plötzlich laut im gleichgiltigen Tone): Sind Sie verheiratet, Herr Doktor?

Ewert: Gott ſei Dank — nein. (Schlägt ſich auf den Mund.) O Pardon!

Gerth (kommt lachend mit dem Cigarrenkäſtchen nach vorn): Einfälle haſt du heute, Kind! Ich bitte dich, ein verheirateter Afrika= reiſender! (Zu Ewert.) Groß, klein, leicht, ſchwer?

Ewert: Bitte, Schwierigkeiten ſchrecken mich nicht. (Nimmt ſich eine ſehr große Cigarre.) Aha! Façon: Aufſichtsrat.

Gerth: Hehe, warum nicht? Kann ſchon kommen, mein Lieber. (Zum Grafen, der inzwiſchen mit Fröſchl näher gekommen iſt:) Na, Herr Graf, ſtecken wir uns auch eine von der Sorte an? Übers Jahr rauchen wir vielleicht ſchon eigenes Gewächs.

Graf Malte: Nee — lieber nicht!

Gerth: Fröschl, wie denken Sie? Nehmen Sie so eine, die bekommt Ihnen besser. (Drückt ihm eine kleine Cigarre in die Hand.) Also jetzt, meine Herren, zur Sache! (Zu Leonore:) Liebes Kind, du deckst uns wohl den Rückzug, wir werden gleich wieder den Damen zur Verfügung stehen. Herr Fröschl, Sie sind wohl so gut ... (Weist nach der Mitteltür. Leonore, gefolgt von Fröschl, ab in den Salon.)

Gerth (weist den beiden Herren Plätze in der Mitte an, bietet Feuer an und schiebt sich selbst einen Stuhl neben das Rauchtischchen.) Bitte, meine Herren. Gestatten Sie!

Graf Malte und Ewert (nachdem die Cigarren in Brand gesetzt sind): Danke sehr.

Graf Malte: Ja, also wie gesagt, mit dem Ministerium haben wir kein Glück gehabt. Der Reichskanzler zeigte sich vollständig zugeknöpft.

Gerth: Hm hm hm, schade! Na, ich denke, die Rede, die ich morgen im Reichstag halten werde, dürfte doch nicht ganz wirkungslos vorübergehen.

Graf Malte (zuckt die Achseln): Geben Sie sich keinen Illusionen hin, lieber Freund: bei der Regierung ist augenblicklich nicht die mindeste Lust zu Abenteuern vorhanden und die Parteiverhältnisse liegen nicht so, daß ein plötzlicher, unerwarteter Druck sie wider Willen in eine andere Richtung hineindrängen könnte — also —

Gerth: Ja — also?

Ewert (ruhig): Also, kümmern wir uns den Teufel um die Regierung: trommeln wir ein Finanz Konsortium zusammen und gründen wir eine Gesellschaft auf eigene Hand.

Gerth: Sie glauben wirklich, daß wir schon so weit sind?

Ewert: Ja wollen Sie lieber abwarten und Thee trinken? Ich sage Ihnen, meine Herren, wenn mir Deutschland nicht so fort eine kleine Armee von tüchtigen Traußgängern sowie einen Dampfer und die nötigen Millionen aus der Erde stampft, dann sitzen übers Jahr die Engländer in meinem Reiche. Wetten?

Gerth: Man müßte eben Mittel und Wege finden, die

nationale Eitelkeit aufzustacheln. Ich habe in meiner Rede Ge=
legenheit genommen, mit begeisterten Worten . . . .

Graf Malte (unterbricht ihn, indem er ihm lächelnd die Hand auf
den Arm legt): Aber mein Verehrtester, ich bitte Sie! Nationale
Eitelkeit besitzen wir ja nicht. Schwungvolle Reden wirken bei
uns doch nur günstig auf eine Erhöhung des Bierkonsums; und·
wenn Sie sämtliche Schützen und Sängervereine begeisterten,
die rüsten Ihnen noch lange kein Schiff aus — habe ich Recht,
Herr Doktor?

Ewert (stimmt mit einer verächtlichen Geberde zu, raucht schweigend eine
Zeit lang und fährt plötzlich heftig mit der Hand durch die Dampfwolken): Ah!
so viel sind schöne Reden wert! Wir Deutschen bleiben immer
hochachtungsvollst ergebene, unterthänigst Unterfertigte allem mög=
lichen alten Plunder gegenüber. Wir stecken zu voll von Respekt,
wir begeistern uns für allerlei versunkene Herrlichkeiten, aber die
Selbstherrlichkeit will uns nicht aufgehen!

Gerth: Das ist ausgezeichnet — darf ich das anbringen?
(Er läuft zu seinem Schreibtisch, macht sich Notizen.)

Ewert (fährt, ohne diesen Einwurf zu beachten, fort, wird allmählich
wärmer, springt dann auf, geht hin und her, wechselt häufig die Stellung): Wir
laufen tapfer mit und schreien Hurrah! wenn uns eine kräftige
Kommandostimme in die Glieder fährt; aber wer sich heraus=
nimmt, kommandieren zu wollen, der muß die obrigkeitliche Be=
stätigung seiner Befugnis vorweisen können; vor der freien, selbst=
herrlichen Persönlichkeit haben wir Angst. Wir lassen sie allein
vorwärts stürmen und wenn sie sich den Kopf einrennt an irgend
so einer verdammten alten Mauer, dann stehen wir mit Hohn=
gelächter dabei wie die unnützen Gassenbuben. Eine Nation von
Philistern, die sich nur unter beständiger Vormundschaft wohl
fühlt — es ist wahrhaftig eine Herkulesarbeit, die zu einer
That hinzureißen. Dabei fehlt es uns doch nicht an Kraft oder
Begabung. Was haben wir für Köpfe unter unsern Gelehrten
und Dichtern, wieviel verhaltene Energie steckt in unsern Offi
zieren, wieviel Intelligenz und Kühnheit unter den Kaufleuten
und Industriellen! Aber im Mutterlande kann sich das alles
ja nicht entfalten, es wird ja jeder, der seine Ideen in Thaten
umsetzt, ohne auf einen Befehl von oben oder einen Druck von
unten zu warten, für einen Narren angesehen. Gehen Sie hin=
aus in die Welt, sehen Sie sich die Amerikaner, die Engländer

an, wie die das Leben begreifen und die Gelegenheiten beim Schopf kriegen! die brauchen sich den Teufel um die Zensur ihrer Klassenlehrer, um Ihre Militärverhältnisse oder die Meinung ihrer Standesgenossen zu scheren — bringen sie es zu etwas, so sind sie angesehene Leute und ihr Vaterland ist stolz auf sie.

(Während der letzten Worte sind in der offenen Salonthür zunächst Graf Teto und Melanie erschienen. Allmählich kommen auch die übrigen Damen und bleiben begierig lauschend stehen.)

Ewert (fortfahrend): Wie aber geht es einem Deutschen, der einmal Lust verspürt, querfeldein durch Hecken und Gräben grad' auf sein Ziel loszugehen? Ach du Himmlischer! Da giebt's ein Tuscheln und Bangemachen: das ist ein unruhiger Kopf, vor dem nehmt Euch in Acht, Leute! Dem Manne keinen Groschen! — Die wohlmeinenden Freunde stellen sich mit weisen Warnungen in den Weg und die böswilligen hetzen die Hunde auf ihn. — Wie ist es denn mir ergangen?! Ewig habe ich mich für Wohlthaten bedanken müssen. Wenn ich auf meine Kraft pochte und etwas verlangte von den Leuten, so hieß es: sei bescheiden, Freundchen, arme Schlucker haben demütig zu bitten und nicht zu fordern. Ich habe ein paar Mal umgesattelt beim Studieren: da hieß es gleich: das darfst du dir in deiner Stellung nicht erlauben, das ist undankbar! Nun, ich habe mir mein Brot trotzdem geschafft und wenn nicht — dann habe ich eben gehungert: aber den Stolz auf meine Selbstherrlichkeit habe ich nicht fahren lassen: ich habe für meine Freiheit ge kämpft — zuweilen freilich wie ein Verzweifelter. Wer jammert über Egoismus? Es geht Kraft aus von jedem starken Ich, eine Kraft, die so und soviel Schwache mit fortreißt. Ich habe einmal davon geträumt, mich an die Spitze der deutschen Sozial Demokratie zu stellen — Revolution machen muß ein erfrischender und gesunder Sport sein, denk' ich mir. Aber der Aristokrat in mir litt mich nicht bei den Massen. Ich suchte nach einem Einzelnen und Eigenen — und da fand ich Sie, Graf, und wir zwei steckten die Köpfe zusammen und heckten den lustigen Buben- streich gegen das offizielle Philisterium aus. Und nun ist der Streich gelungen — — Da bin ich wieder daheim mit einem Kaiserreich in der Tasche! Ich kann klappern mit dem Golde in den afrikanischen Bergen, ich kann Euch den Mund wässerig machen mit fruchtbaren Gefilden, ich kann Euch bestechen mit Elefantenzähnen und schwarze Heerscharen ergebener Sklaven vor

Euch aufmarschieren lassen. Ich bin bereit, meine Gaben mit vollen Händen unter das Volk zu streuen — aber wo ist das Volk, das ich haben will? Das läuft davon, wo es mich auf der Straße sieht und flüchtet sich in seine dumpfen Baracken und schließt Thüren und Fenster vor mir zu!

Gerth (springt begeistert auf und eilt mit ausgebreiteten Armen auf Ewert zu). Nein, nein, das thut es nicht, teurer Freund! Wie mein sel'ger Vater der Erste war, der die Begabung des Knaben erkannte, so lassen Sie mich der Erste sein . . . . .

Ewert (bemerkt, als er sich zu Gerth wendet, die Zuhörer an der Thür und fällt plötzlich in einen leicht ironischen und etwas affektierten Ton): Ach, was seh' ich! ich habe ein großes Publikum! Pardon, meine Damen, es war nicht meine Absicht, Sie hier durch eine oratorische Leistung zu ennuyieren.

(Graf Dedo, Fröschl und sämtliche Damen kommen nach vorne.)

Gräfin Bohlen, Fräulein Meinhardt, Fräulein Crusius und Melanie (klatschen in die Hände und rufen durcheinander): Bravo, bravo! Nein, war das schön! Was sind Sie für ein Redner, wirklich hinreißend! So was hab' ich noch nie gehört; Sie müssen ja die Menschen mit fortreißen!

Ewert: O, meine Damen, Sie beschämen mich! Ja sehen Sie, ich habe auch einmal daran gedacht, zur Bühne zu gehen.

Fräulein Crusius: Ach das wäre reizend!

Fräulein Meinhardt: Ich kann Sie mir zu gut als Marc Anton denken.

Gräfin (die eintretende Eva lorgnettierend): Ah voyons — la chère petite! Comme elle est jolie!

(Die kleine Eva kommt, sehr hübsch angezogen, mit offenem Haar von links hinten herein, geht keck auf die Gruppe zu, macht ihren Knix vor den Damen und reicht ihnen die Hand.)

Melanie (schiebt Eva auf Ewert zu): Da gieb dem Herrn dort auch die Hand. Von dem wirst du noch viel hören in deinem Leben.

Ewert (legt abwehrend seine Hand auf Melanies Arm): Ich bitte Sie, meine Gnädige, Sie machen mich schamrot. (Beugt sich zu Eva herab und hebt sie zu sich empor.) Du kleiner, weißgewaschener Engel du! Lasse dich nicht abrichten zum Palmenstreuen, sage mir nur, daß du mich leiden kannst. (Zu Leonoren gewendet.) Darf ich es küssen, Ihr reizendes Ebenbild?

Eva (strampelt ungeduldig mit den Füßen): Nein — bitte loslassen! Ich kenne Sie ja gar nicht. (Macht sich los und läuft zu Fröst.)

(Die Herren lachen, die Damen sprechen mißbilligend auf das Kind ein.)

Ewert: Ich scheine nur den Schwarzen zu imponieren, bei den jungen Damen meines Vaterlandes scheine ich keinen Erfolg zu haben. (Die beiden jungen Mädchen kichern.)

(Graf Malte nimmt Gerth in die Ecke beim Kamin und bespricht sich leise mit ihm.)

Gräfin Bohlen: Oh — fishing for compliments? Für einen Wilden haben Sie sich überraschend schnell modernisiert.

Fräulein Crusius: Ich denke es mir furchtbar interessant in solche ganz unzivilisierte Länder vorzudringen!

Fräulein Meinhardt: Da sind Sie gewiß oft in Lebensgefahr gewesen?

Ewert: Danke, es geht: höchstens vierundzwanzig Stunden täglich.

Gräfin: Nein — wirklich? Haben Sie auch mal einen umgebracht?

Ewert: Oh ja, meine Gnädige. Ich habe wohl ein halbes Dutzend oder mehr ins Gras beißen lassen. Sehen Sie diese Hand an, meine Damen und schaudern Sie — es klebt Blut daran.

Gräfin: Schrecklich! Aber Sie konnten doch nichts dafür, nicht wahr?

Ewert: Wie man's nimmt! Die Hallunken hatten die Strafe ehrlich verdient. Schlimm nur, daß man manchmal selbst den Henker spielen muß. Einmal mitten im Urwald wollten die Kerle Rebellion machen. Da griff ich mir die Rädelsführer heraus, drei stramme, schwarze Bengels, stellte sie gut ausgerichtet vor mich hin, hob den Revolver so und — piff — paff — puff — da lagen sie, überkugelten sich und hauchten ihre schwarzen Seelen aus.

Die drei Damen gleichzeitig: Entsetzlich! Schrecklich! Gräßlich! Wie kann man nur so was thun?

Melanie: Sie hatten womöglich Handschuhe dabei an und den Zwicker auf der Nase?

Ewert (ironisch): Nein — · Pardon meine Gnädige, zu dieser feierlichen Handlung hatte ich mir ein Monokle ins linke Auge geklemmt; das imponiert mehr dort zu Lande.

Graf Dedo (zur Gräfin): Weißt du, liebe Tante, du solltest doch deinen Konfektionär veranlassen, dein neues Mantelett mit den vielen Schwänzchen „Unjamwewe" zu taufen.

Gräfin: Wieso?

(Kleine Pause, die andern Damen verbeißen sich das Lachen.)

Graf Dedo: Na . . . .

Graf Malte (wendet sich seiner Gattin zu, da eben die Besprechung beendet ist): Du meinst, man kann ein Kleidungsstück doch nicht nach einem Lande nennen, wo die Leute überhaupt nichts an= haben. Das hast du wieder einmal sehr fein bemerkt.

Gräfin (nicht begreifend): Ah findest du? (Betrachtet mit dem dumm neugierigen Ausdruck ihr Mantelett mit vielen Schwänzchen.)

Graf Malte: Meine Herrschaften, ich habe Ihnen eine überraschende Mitteilung zu machen, die Sie vielleicht alle inter essieren wird. Unter dem lebhaften Eindruck der Worte unsers lieben Freundes Doktor Ewert und angesichts der Aussichtslosig= keit, die Regierung zu rascher Hilfe zu bewegen, haben wir so eben beschlossen, unter dem Namen „Unjamwewe" eine Gesellschaft zu Besiedlung und wirtschaftlichen Ausbeutung des neu er worbenen ostafrikanischen Gebietes zu begründen. Herr Konsul Gerth soll als Direktor an deren Spitze treten, der Teilnahme einiger Großkapitalisten sind wir sicher. Ich selbst stelle meine schwachen Kräfte dem Unternehmen zur Verfügung. Sie alle sind freundlichst gebeten, uns werbend für die große nationale Idee zur Seite zu stehen.

(Die Damen mit Ausnahme von Leonore rufen alle: Bravo! bravo! Drängen sich um Ewert Gerth und Graf Malte, um ihnen beglückwünschend die Hände zu drücken.)

Ewert: Ich danke Ihnen, ich danke Ihnen, meine lieben Freunde. Fortuna segne diesen raschen Entschluß!

(Gerth ist gleich nach Schluß der Rede des Grafen Malte in den Salon gelaufen, um dort einen Lorbeerzweig abzubrechen. Engel und Rügheimer sind schon während der Rede des Grafen in der Salonthür sichtbar geworden, haben ihr Erstaunen über das Gehörte ausgedrückt und begrüßen dann einige Herrschaften im Hintergrunde ohne von der Gruppe vorn bemerkt zu werden.)

Melanie: Giebt es Aktien? Ich kaufe für 100000 Mark.

(Allgemeine Sensation.)

Fräulein Crujius: Ich riskiere auch ein paar Mille.

Fräulein Meinhardt: Mein Papa muß auch mitthun.

Graf Dedo (rasch zu Ewert tretend): Soviel Geld kann ich leider nicht flüssig machen — aber wenn ich mich selbst anbieten darf? Wenn Sie mich brauchen können, Herr Doktor, da unten in Unjamwewe — verfügen Sie über mich.

Graf Malte: Bravo, Dedo — bravo!

Gerth (aus dem Hintergrund): Hip, hip, hurrah!

Engel (leise zu Rügheimer): Donnerwetter! Das scheint 'ne Sache zu sein! Was meinen Sie, Rügheimer?

Rügheimer: Ich als alter Soldat kann nur sagen: schneidig!

Ewert (reicht Melanie die rechte Dedo die linke Hand): Ah! — jetzt bin ich reich, jetzt glaub' ich an die Zukunft! Ich habe die deutsche Jugend für mich! (Drückt Dedo die Hand.)

Melanie (dem Grafen Dedo ihre freie Hand reichend): Das haben Sie gut gemacht!

Gerth (ist mit dem Lorbeerzweig zu Eva hinübergegangen drückt ihn ihr in die Hand und führt die sich Sträubende zu Ewert): Und hier kommt die allerjüngste Jugend Deutschland zu Ihnen mit dem irischen Lorbeer und . . . . . .

Eva (wirft den Zweig auf den Boden und sagt trotzig): Non, je ne veux pas. Il a tué des hommes. il est un malfaiteur! (Läuft rasch links hinten ab.)

(Allgemeines, peinliches Schweigen. Fröschl hebt den Zweig auf, sieht unschlüssig damit da.)

Engel: Meine Herrschaften! Historischer Moment: Eine französische Kriegserklärung!

(Allgemeines Gelächter.)

Gräfin: Aber sie hat eine sehr gute Aussprache, die Kleine!

Gerth: Entschuldigen Sie meine Herrschaften! Ich bin ganz außer mir: das Kind ist sonst so folgsam . . . . .

Ewert: Aber ich bitte Sie! Das Kind hat eben dem

perament — und was sie mir für einen Blick zuwarf! Übrigens — ganz ihre schöne Mutter!

L e o n o r e (reißt dem verdutzten Fröschl den Zweig aus der Hand und geht damit rasch zu Ewert): Nehmen Sie das aus meiner Hand noch an?

E w e r t (freudig überrascht): Gnädige Frau! (Küßt ihr die Hand.)

G e r t h (während Ewert noch Leonores Hand in der seinigen behält und nach Worten sucht, klopft seiner Frau gemütlich auf die Schulter): Das hast du gut gemacht, Lenchen, dafür könnte ich dir vor versammeltem Volke einen Kuß geben.

(Gekicher der Damen.)

L e o n o r e (zuckt ungeduldig die Achseln, entzieht Ewert ihre Hand und tritt zurück): Aber meine Herrschaften, wollen wir nicht in den Salon zurückkehren?

G r a f M a l t e (lächelnd): Jetzt können wir ja ruhig Thee trinken!

G e r t h (Ewert cordial unter den Arm nehmend): Haha, — ja kommen Sie Ewert, jetzt sind wir über Ihre Verachtung erhaben, was? Hehehe! (Im Abgehen Engel vorstellend.) Kennen Sie unsern Herrn Benno Engel? Der rührigste Finanzmann Berlins, immer auf den Beinen — den müssen Sie kaptivieren.

E n g e l (im Abgehen): Haben Sie schon bei Bleichröder auf den Busch geklopft? Bleichröder frißt mir aus der Hand. Darf ich nachher mal Ihr Telephon benützen?

G r ä f i n (im Abgehen zu Dedo): Was habt Ihr nur alle mit diesem gräßlichen, gefährlichen Lande? Man weiß ja gar nicht einmal wo es liegt.

D e d o: Ach bei Suez um die Ecke, liebe Tante, und dort frägt man den nächsten Schutzmann.

R ü g h e i m e r (zu Melanie): Mein gnädiges Fräulein, Ihr Beispiel wirft einen verklärenden, poetischen Schimmer auf die ganze Gründung. Ich werde nicht verfehlen in meinem Blatte . . .

M e l a n i e: Aber nein, Herr Rügheimer, Sie werden doch nicht.

F r ä u l e i n C r u s i u s (im Abgehen): Herr Rügheimer, können wir noch Karten zum Presseball friegen?

Fräulein Meinhard: Wir hören nämlich, daß Doktor Ewert auch da sein wird. (Ab in den Salon.)

(Alle diese Gespräche sehr rasch, fast gleichzeitig. Alle sind jetzt in den Salon getreten bis auf den Grafen Malte, Leonore und Fröschl.

Graf Malte (im Abgehen mit Leonore, leise): Mit dem Lorbeerzweig haben Sie sich selbst am meisten geehrt, meine Gnädigste. Ich weiß ja, Sie waren nicht gut zu sprechen auf Ewert.

Leonore: Oh, mein Mann legt so großen Wert darauf, daß ich . . . . .

Fröschl (der mit äußerstem Erstaunen den Vorgang mit dem Lorbeerzweig verfolgt hat, tritt aufgeregt einige Schritte bis dicht hinter Leonore): Gnädig' Frau, ich bitt' Sie — ich begreif' nit — wie könne Sie . . . . . . (Stockt.)

Leonore (ihn kalt anschauend): Sie wünschen, Herr Fröschl?

Fröschl (verwirrt): Ich hab' g'meint, der Herr wär' Ihne nit sympathisch?

Leonore (wendet sich achselzuckend ab und tritt mit dem Grafen in den Salon.)

Fröschl (verstört, flucht leise vor sich hin): Dunderbliß, Sakkerlot — o du himmlisches Herrgöttle, des ischt mer als doch . . . .

Der Vorhang fällt rasch.

Zweiter Aufzug.

Wohnzimmer bei Kathi Weinzierl. Kleines Zimmer mit einer Thüre rechts (zum Schlafzimmer) und einer zweiten (Ausgangsthür) in der linken Seite des Hintergrundes. Das Zimmer zeigt die billige Eleganz einer möblierten Mietwohnung. Steife Peluche-Garnitur (Sofa, Fauteuils, ovaler Tisch) in der Mitte der Hinterwand. An der rechten Seitenwand ganz vorn ein mit Nippsachen überladener Damenschreibtisch, links vorn Komode und Garderobekorb, weiter hinten Ofen. Vor dem Ofen schräg in's Zimmer hinein eine kleine Chaiselongue über welche ein Löwenfell gebreitet ist. Davor als Teppich ein Leoparden= oder sonstiges afrikanisches Tierfell. An den Wänden sind Matten von Neger=Handarbeit; afrikanische Stoffe, Teppiche, Waffen und Kuriositäten verschiedener Art aufgehängt, welche in komischem Gegensatz stehen zu den herkömmlichen Öldruckbildern im Ge= schmack möblierter Zimmer. Ein Kleiderschrank mit einer Spiegelglasthüre dicht neben der Thür links. Einige kleine Tische und Stühle vervoll= ständigen die Einrichtung. Es ist Abend, die Lampe auf dem großen Tisch brennt.

Beim Aufgehen des Vorhangs steht Kathi vor dem geöffneten Kleider= schrank im Begriff ein Ballkleid hineinzuhängen. Sie ist etwa zwanzig Jahre alt, mittelgroß, von überaus anmutigen, weichen Formen des Körpers und Gesichts. Kathi wie auch ihre Mutter sprechen münchnerisch. (Allen= falls auch wienerisch, mit entsprechender, leichter Änderung des Textes.) Die Mutter spricht jedoch den Dialekt etwas stärker, während die Tochter nur den Tonfall hat. Die Mutter ist eine kleine, rundliche, flinke Frau von etwa vierzig Jahren mit gutmütigem, etwas dümmlichem Gesicht. Trägt ein etwas verschlissenes Négligée, das aber nicht karriliert sein darf. Im Augenblick wo der Vorhang aufgeht tritt sie durch die Thüre rechts mit einem Kinder=Saugfläschchen auf, das sie heftig schüttelt.

Mutter: So, do ham' ma jetzt dös Flascherl. Probier du's lieber selber, weil's doch allewei net recht is was ich mach).

Kathi (indem sie mit der Rechten das Ballkleid in den Arm drückt nimmt sie mit der Linken das Fläschchen ab, drückt's einen Moment gegen den Augapfel und saugt dann aus dem Gummistöpsel): A bißl z' warm mein ich — aber der Zucker ist recht so. Nur net z' viel Zucker, Mami, es hat ihm gestern wieder sauer aufg'stoßen, weißt!

Mutter (auf das Kleid deutend): Jessas, Kathi du wirst do net dös neuche G'wand so in'n Kleiderkasten 'neinwurzteln wollen?! Daß glei hin is, gel? (Sie nimmt ihr ungeduldig das Kleid aus der Hand, gebt damit nach der Chaiselongue, wo sie es ausbreitet und glatt streicht.) So! Dös legt ma schön glatt z' oberst in die Kommod, höchstens no amal z'sammg'falten. Du derfst scho dei bißl Sach z'sammhalten.

Kathi: No, so thun wir's wieder in 'n Karton 'nein. Magst net 'm Bubi 's Flaschl geb'n eh's kalt wird?

Mutter: Grad war's no z' warm! Gar a so wird's do net pressier'n. Oh mei! Der feine Stoff! (Streicht lieblosend über das Kleid.) Geh' Kathi sei lieb, zieh'gs g'schwind no amal an. Bildsauber hast ausg'schaut gestern Abend — i thät di gern no a bißl bewundern.

Kathi: Ach geh, du bist net g'scheidt! Der Franz muß so gleich kommen. Das thät doch zu dumm ausschauen, wenn er mich daheim im ausg'schnitt'nen Ballkleid umeinander laufen säh'!

Mutter: Warum denn net? Wenn's dich und mich halt freut! Gestern am Presse Ball hat er di eh net vüll ang'schaut, hast's ja selber g'sagt.

Kathi: Nein, Mami, ich mag wirklich net. (Sie geht mit dem Fläschchen ins Nebenzimmer und läßt die Thür hinter sich offen.)

Mutter (ihr nachrufend): No, was is jetzt?

Kathi (von drinnen): Ich gieb 'm Bubi gleich selbst 's Flascherl. Da schau her Bubi, so ein schönes Flascherl bringt dir dein Mami! Er lacht! Mutter komm g'schwind, schau wie er lacht! Ach du herziges Schnederl du! No, no, stad sein — du Schlingschlang — soderla so. —

Mutter (indem sie den großen Karton vom Kleiderkasten herunternimmt und während des Folgenden das Kleid sorgfältig hineinlegt und mit Seidenpapier zudeckt, brummt vor sich hin): Meinst dich lacht er alleinig an? Mit 'm Franz sein Mohr'n macht er's grad a so. (Laut nach der Thür hinrufend.) Du, Kathi, geh' her, erzähl' mir no a bißl was von gestern.

Kathi (von drinnen): Ich hab' dir doch schon alles erzählt, Mutter!

Mutter: Ja du bist die Rechte! Fein tröpferlweis muß ma' alles 'rausdrucken aus dir; thust g'rad wie wenn dir dös gar niren wär', am Pressienball geh'n und mit Grafen soupieren.

Kathi (kommt wieder herein, läßt die Thür offen): Ja, was möchst denn noch wissen, Mami? Ich war halt am Presseball und hab' mit a'm Grafen soupiert. Was ist da weiter?

Mutter (ihr nachsprechent): Was ist da weiter? Goar ka bißl Schneid hast, Madl; i weiß net was du für eine bist!

Kathi: Mir war's nur leid, daß der Franz mich mit dem alten Herrn so lang hat allein sitzen lassen.

Mutter: A geh' zu! Dö Oalten san grad dö Besten! So an arm's Madl wia du, wo's beim Theater do zu nix Recht'n bringt, kann do wahrhafti froh sein um an' solchen noblichen Verehrer.

Kathi: Geh' plag' mich net! Was thu' denn i ch mit an Verehrer?

Mutter: Was du mit an Verehrer thust?! Leid thust ma, du dumme Gredl du! Moanst eppa, dös thät ewig dauern mit dei'm Franz?

Kathi (gequält): So laß' mir doch mei' Ruh'! Wie i ch vom Franz denk' das weißt doch!

Mutter (indem sie den Karton mit dem Kleid wieder auf den Schrank stellt): Moanst, jetzt wird er di heiraten, weilst' 'n Bubi hast? Ja Schnecken! Auf mi wennst g'hört hätt'st, nacha hätt'st di überhaupts mit so an Reisenden goar net eing'lassen. Jetzt 'n wo er a so a berühmter Mensch is und nur mit dö feinsten Herr= schaften umgeht — ja Madl, Madl, was du dir bloß ei'büldst! Hast' es net g'spürt gestern am Ball? Net ang'schaut hat er di — g'schamt hat er sich mit dir, leid is ihm g'wesen, daß er di überhaupts mitg'nommen hat. Dös G'wand da droben kann leicht di letzte schöne Erinnerung an ihn sein. I werd do d' Mannsleut kennen! (Es klingelt draußen.) Jessas! 's hat g'= schellt!

Kathi (rasch aufspringend auf die Thüre zu): Das is er, endlich!

Mutter (sie zurückhaltend): Laß' mi schaug'n, Katherl'. Geh' thu di a bißl mit'n nassen Handtuch in d' Aug'n dupfen. (Eilt rasch links hinten hinaus, man hört sie mit einem fremden Manne reden.) (Kathi macht ein enttäuschtes Gesicht und läßt sich seufzend auf die Chaise= longue nieder.)

Mutter (kommt aufgeregt wieder herein mit einem Heft in der Hand): Siegst's, da ham ma's jetzt! Der Herr Direktor laßt um dei

3*

Roll'n bitten und schickt dir an andre dafür. (Geht zur Lampe und liest die Aufschrift des Heftes.) „Lina — ein Dienstmädchen, ein halber Bogen." Was sagst jetzt? So eine Gemeinheit! Dös verdankst jetzt g'wiß der z'widern Person der Neugebauer, weil du gestern am Ball mehrer bewundert wor'n bist als wia sie, neidiger Fratz, der! Natürli! wenn ma geg'n 'en Herr Direktor so zuvor=kommend is wia dö! — Wo hast denn jetzt dei Roll'n?

Kathi: Da, auf'n Schreibtisch liegt's.

Mutter (eilt nach dem Schreibtisch, nimmt ein dort liegendes Heft): Giebst'es so gutwillig her, dei erste anständige Roll'n? Magst net wenigstens an Herr Direktor a Brieserl derzue schreib'n?

Kathi (gleichgiltig): Wozu?

Mutter: I sag's ja: A Kreuz is mit so an Madl wia du. Na' Schneid hast, aber a goar ka' Schneid! (Geht mit dem Heft hinaus, man hört sie mit dem Theaterdiener einige Worte reden.) (Kathi streckt sich ganz aus, seufzt, drückt ihre Hände über die Augen.)

Mutter (kommt wieder herein): Was is jetzt — Kopfweh? (Ordnet während des Folgenten Wäsche, die sie dem Korb entnimmt und sorgfältig mustert, in ein Kommodenfach ein.)

Kathi: Nein — müd' bin ich. Geh', laß mich a bisserl ausruh'n, Mami. Schau nach 'm Bubi, ob er sein Flascherl schon aus hat.

Mutter: Ja, ja, is scho recht. — No siegst es jetzt, daß d' ka' Glück hast beim Theater? A große Künstlerin werst du nimmer! So Madln wie du müss'n halt um's Heirat'n um=schaug'n, so lang i' jung und sauber san.

Kathi: Ich werd' ja heiraten, Mutter!

Mutter: So — wem denn, bitt' schön? Damen vom Theater dö wer'n nur g'heirat von die verliebt'n oalten Hechten oder von so ganz junge Hitzköpf' — aber sein stantepeh muß gehn, sonst is g'fehlt. So Leut' als wia dei Doktor Ewert, dö denken überhaupts net an's Heirat'n. Und wann's eahna so bequem g'macht werd — schön dumm waren i'! O mei, o mei! Madl, Madl, wannst net goar so dumm warst ... dös herzige Buberl dös that i gern zu mir nehma und ka' Mensch brauchet was davo' z' wissen.

Kathi: Jetzt will und mag ich dees net länger mehr mit anhör'n! Mei' Ruh' will ich hab'n! — O mein Herrgott! Sonst bitt' ich dich gar nir — nur mei' Ruh' will ich hab'n!

Mutter: Ja, ja, friß mi net! J geh' ſcho. (Ab rechts, ſchließt die Thür hinter ſich.)

(Kleine Pauſe, es klingelt draußen.)

Kathi (ſpringt auf, eilt nach der Thür, ſtutzt, da ſie wieder eine fremde Stimme hört, horcht einen Moment und läuft dann raſch zur Thür rechts): Mutter!

Mutter (tritt im ſelben Augenblicke ein): Hat's net g'rad g'ſchellt?

Kathi: Ja, Mutter! Es iſt der Herr Graf von geſtern Abend. Jch weiß net was er will. Geh' du 'naus. Sag', ich wär' net daheim — ich wär' krank — was d' willſt. Jch kann jetzt keine fremden Leut' ſeh'n! (Raſch ab ins Nebenzimmer.)

Mutter (während ſie nach der Außenthür eilt, brummt vor ſich hin): O du himmliſche Barmherzigkeit! Z'weg'n was werd' jetzt i aſo g'ſtraft? (Sie öffnet die Thür und macht einen tiefen Knir vor dem draußen ſichtbaren Grafen Malte von Bohlen.)

Graf Malte (noch auf der Schwelle, mit einem in Papier gewickelten Blumenſtrauß in der Hand): Entſchuldigen Sie, ich bin doch hier recht? Jch wollte mir erlauben, Fräulein Weinzierl . . . .

Mutter (nochmals tief knixend): Bitt' ſchön, Herr Graf, ſehr angenehm! Mögen's nicht g'fälligſt hineinſpazieren, Herr Graf?

Graf Malte (hereintretend, verwundert): Sie kennen mich?

Mutter: Bedaure ſehr, Herr Graf, ich habe nicht die Ehre; aber die Kathi hat g'ſagt . . . . (verwirrt ſich) ich mein' halt, man weiß doch, mit wem man 's z' thun hat.

Graf Malte (lächelnd): O, ſehr ſchmeichelhaft! Bitte, wollen Sie Fräulein Weinzierl Graf Bohlen melden.

Mutter: Graf Bohlen! Ja da ſchau! Jch hab' mir's doch glei' denkt. Mögen's net Platz nehmen, bitt' ſchön? — Aber ableg'n müſſen's z'erſt, Herr Graf. Sie werd'n Jhnen doch a biſſl echauffiert hab'n, die drei Stieg'n bis zu uns herauf.

Graf Malte: Jch danke ſehr, ich will nicht lange ſtören.

Mutter: Stören? O nein, wie können denn Sie uns ſtören, Herr Graf! Geben's nur Jhren Hut und Stock her. O mei, die ſchönen Blumen! (Nimmt ihm das Bouquet ab und ſchaut oben in das Papier hinein.) Sind die für meine Tochter?

Graf Malte (komisch überrascht): Ah — Sie sind die Frau Mutter? — Hm, freut mich sehr; ich wußte nicht, daß das Fräulein den Vorzug hat, mit ihrer Frau Mutter hier zu leben. Sie entschuldigen — ich wollte mich nur erkundigen, wie Ihrem Fräulein Tochter der gestrige Abend bekommen ist?

Mutter: O! Herr Graf sind zu freundlich. Wir danken auch recht schön für die Ehre! Jetzt müssen's Ihnen aber wirklich setzen, Herr Graf.

Graf Malte: Danke sehr! (Will sich auf den nächsten Fauteuil setzen.)

Mutter (ihn rasch abhaltend): Nein — bitt' schön — do net, der is a bißl wakli; nehmens scho lieber den da. Da seit si nix'n. Auf dem könne's umanand hupf'n wie's mög'n.

Graf Malte (nimmt lächelnd Platz): Danke wirklich sehr! Hier fühle ich mich ganz sicher aufgehoben — obwohl ich nicht die Absicht habe, mich so ungewöhnlich zu benehmen.

Mutter (lacht übertrieben über den Scherz des Grafen, indem sie auf einem andern Sessel ihm gegenüber Platz nimmt, sie setzt sich aber nur auf die äußerste Kante): Nein, bitt' schön, Herr Graf, mich dürfen's sei net so anschau'n. Wissen's, i gieb halt net vüll auf's Äußere. Für wem sollt' denn ich auch Toilette machen? O du mei Herrgott! Wenn ma's ganze Leben lang so g'wöhnt is nur für seine Kinder z' schaffen, vergißt ma' auf sich selber. A jed's Markt hab' i mer müss'n vom Mund abspar'n, um daß i mein'm Katherl a seine Büldung anschaff'n hab' können; in's Institut hab' ich's g'schickt zu die englischen Freil'n, und nacha is' erst ang'anga mit Singstunden, Klavier, dramatischen Unterricht — o mei' — dös kost a Göld — dös könne's mer sei' glaub'n, Herr Graf! Da bleibt für d' Mutter nix'n übrig! Und wann's no 's Göld alleini war', aber dö Sorg'n lassen eam ja nie ka' Ruh', bis a so an arm's Madl zu was Recht'n 'bracht hat. Beim Theater, ich bitt' Sie, Herr Graf! Do hoaßt's Obacht geb'n! No — Gott sei Dank, 's Katherl is freili brav, so brav sag' i Eahna — net zum glaub'n! Wenn ma's so siegt wie's oft zugeht beim Theater — o mei', o mei! Aber mei' Tochter hat sich nie nix'n z' Schuld'n femma lass'n: dö is heut no so unschuldi wie a Engerl. (Man hört nebenan das Kind schreien.)

Graf Malte (stutzt): Ja, was ist denn das?

Mutter (sehr verlegen, rutscht auf dem Sessel hin und her): J bitt',
Herr Graf, nehmen's es sei net ungnädig auf! Dös is nämli
der Malefizbams von unsre Wirtsleut'; ja mei', wissen's, a
bisserl eng ham ma's halt da heroben. Dö Leut' ham nur
zwoa Stub'n und a Kuchl und wenn der Bams schlaf'n soll, da
thean's halt manchmal 's Wagerl da zu uns 'neinschieben.
Segn's, Herr Graf, i hab' so a weich's Herz, ich habs die
Leut net können abschlag'n.

Graf Malte: So — so. — Sagen Sie, Frau Weinzierl,
Ihr Fräulein Tochter ist wohl schon lange mit dem Doktor
Ewert befreundet? Sie wurde mir nämlich von ihm vorgestellt.

Mutter: O dös möcht' ich grad' net sag'n. Wir ham
uns in einem befreundeten Famüliengreis kennen g'lernt, wissen's.
Aber die Freundschaft is net so arg. Mit so an Reisenden, der
allawei' glei' für a Jahr und länger über's Wasser geht —
ah na, mit a so am' that i ma Madl scho goar net poussieren
lass'n!

Graf Malte: Ich sehe hier zahlreiche afrikanische Jagd=
trophäen — ah! sogar ein Löwenfell — das brachte mich auf
die Vermutung — Sie verzeihen! (Das Kind schreit wieder.)

Mutter: Entschuldigen's Herr Graf! J will nur grad
dö peinliche Ruhestörung beseitigen. (Rasch ab rechts.)

Graf Malte (allein, erhebt sich, geht, um die afrikanischen Gegen=
stände, Nippsachen und Bilder auf den Schreibtisch zu betrachten, hin und her, nagt
sich die Lippen, schüttelt den Kopf, schaut nach der Uhr und wickelt endlich die
Blumen aus dem Papier, betrachtet sie mit ironischen Blicken und murmelt vor sich
hin:) Alter Esel!

Kathi (tritt von rechts herein, geht freundlich lächelnd mit ausgestreckter
Hand auf den Grafen zu): Guten Abend Herr Graf!

Graf Malte (ihr die Hand reichend): Bekomme ich Sie doch
zu sehen, mein liebes Fräulein? Ich hatte schon die Hoffnung
aufgegeben. Gestatten Sie mir, Ihnen diese Blumen . . . .
(Reicht ihr den Strauß.)

Kathi: O, die schönen Blumen! Sie sind zu liebens=
würdig, Herr Graf. Entschuldigen Sie nur, daß ich Sie so
lange warten ließ; ich mußte meinen Bubi besorgen.

Graf Malte: Ihren?! — Sie haben — einen Bubi?

Kathi: Jawohl, so einen herzigen kleinen Kerl! Meine ganze Freude ist das Kind. Ein halbes Jahr ist er jetzt schon bald alt — aber bitte schön, behalten's doch Platz.

Graf Malte (setzt sich; kleine Verlegenheitspause): Ihr Söhnchen wird vermutlich auch einmal ein Löwenjäger werden? Haha!

Kathi (plötzlich verwirrt): Warum meinen Sie, Herr Graf?

Graf Malte (auf die Zelle deutend): Nun, die ersten Eindrücke der Kindheit pflegen oft für das ganze Leben entscheidend zu werden. Die Passion für Entdeckungsreisen stammt ja bei Doktor Ewert auch aus der Kinderstube. Sie wissen, sein Vater war Schiffskapitän und da hat er ihm frühzeitig erzählt von fremden Weltteilen und den Wundern der tropischen Zonen . . .

Kathi (sehr unruhig, streckt abwehrend die Hand aus, mit rührender Bitte im Ton): Nicht, Herr Graf, bitt' schön — nicht!

Graf Malte: Wie, mein Fräulein? O, Pardon: ich glaubte, Sie seien vielleicht — heimlich vermählt. Aber ich will nicht indiskret sein. Sie wissen, ich bin Doktor Ewerts Freund.

Kathi (faltet die Hände auf dem Tisch, beugt sich nahe zu ihm und schaut ihn bittend an): Bitte, Herr Graf! Ich hab's versprochen — ich . . . Schau'n Sie: ich habe den Vater des Kindes sehr lieb — sehr lieb, Herr Graf — d'rum schäm ich mich auch nicht, daß ich nicht verheiratet bin und bin so stolz auf meinen goldigen Bubi. Aber von seinem Vater red' ich nicht. Er mag's nicht haben und . . . sagen's nichts, Herr Graf, nicht zu Ihrem Freund und auch nicht zu andern Leuten; bitt' schön, Herr Graf, das müssen Sie mir versprechen!

Graf Malte (drückt ihr die ausgestreckte Hand, sehr gerührt): Ja wohl, das verspreche ich Ihnen! Alles, was Sie wollen — Sie liebes Kind!

Kathi (in einen heitern Ton umschlagend): Haben Sie nicht auch Kinder, Herr Graf?

Graf Malte: Nein, bedaure sehr.

Kathi: Aber verheiratet sind Sie doch? (Rechtschaffen mit dem Finger drohend.) O, ich weiß alles! Ei, ei, Herr Graf, Sie sind mir ein Schöner!

Graf Malte: Ah — sein Sie nicht grausam! Es war eine so reizende Stunde, die ich gestern mit Ihnen verleben durfte — das Herz ging mir auf — ich — Sie haben Recht, ich sollte freilich über die Thorheiten hinaus sein — aber ... Sein Sie mir nicht böse, liebes Fräulein!

Kathi: Aber warum sollt ich Ihnen denn bös sein? Sie waren ja so gut zu mir; ich bin ja so ein unbedeutendes dummes Ding, das sich zum erstenmale in die feine Welt verirrt hatte; ich bin Ihnen wirklich herzlich dankbar, daß Sie sich meiner so angenommen haben. Sehen Sie: ich bin halt nicht so wie die andern — wie meine Kolleginnen, die bei solchen Gelegenheiten auf Eroberungen ausziehen. Ich kann das nicht — ich bin zu dumm oder was es sonst ist. Beim Theater lachen sie mich immer aus. Ich weiß ganz gut, ich passe da gar nicht hinein, und vorwärts komme ich auch nicht — mich den Leuten aufdrängen kann ich nicht. Ach du mein Gott, ich kann eben nichts aus mir machen, wissen Sie. O, hier in Berlin hab' ich's schon schwer gehabt im Anfang, das können Sie mir glauben, Herr Graf! Ich bin einmal nicht fesch — wie's die Herren gerne mögen. Na, was macht's? Lustig kann ich drum doch sein!

Graf Malte (entzückt nach ihrer Hand greifend und sie streichelnd): Ja — und so gescheidt und so drollig und so lieb — so wie Sie gestern waren in unserem verlorenen Winkelchen!

Kathi (entzieht ihm lächelnd ihre Hand): Ja, seh'n Sie, und so allmählich haben sich auch meine Kollegen an mich gewöhnt. Die Schlimmen schaun mich gar nimmer an und die's gut mir meinen, die heißen mich: Kamerad Kathi. Und so muß' halt gehn!

Graf Malte (senkt vor ihrem lächelnden Blick beschämt die Augen, zögert einen Moment und erhebt sich dann rasch. Es klingelt draußen.)

Kathi (springt rasch auf und will nach der Thür eilen): O, mein Gott!

Graf Malte (hält sie zurück): Bitte, ich gehe schon. Ich will nicht länger stören. Leben Sie wohl, mein liebes Fräulein, — ich möchte so gerne — wenn ich Ihnen irgendwie nützlich sein könnte — wenn Sie die gute Kameradschaft auch auf mich ausdehnen wollten, ich ...

Hatim (tritt ohne anzuklopfen hinten herein. Er ist ein großer, schlanker Suabelineger, mit Fez, Schuhen, Gamaschen, weißen Pumphosen, buntem Schurz und dickem wollenen Burnus bekleidet): **Gutter Abend! Bana komm! Hatim lauf schnell zu sag' Frau!**

Graf Malte: Ah, sieh', sieh'! Da haben wir ja Freund Hatim! Salam aleikum!

Hatim (verbeugt sich tief mit gekreuzten Armen): **Bana kuba Graf, salaam!**

Graf Malte (droht Kathi lächelnd): Seh'n Sie meine Gnädigste, jetzt haben wir ein Geheimniß miteinander!

Kathi: Ich bitt' recht schön Herr Graf: nichts sag'n, ich kann doch wirklich nicht dafür.

Graf Malte (reicht ihr die Hand): Mein Wort! (Wendet sich zu Hatim.) Na Freundchen, wie geht's? **How do you do?**

Hatim (zähneklappernd, sich fest in seinen Burnus wickelnd): **Nikitika sana.** Kalt — Berlin kalt — Hatim kalt. (Er kauert sich mit untergeschlagenen Beinen am Ofen nieder und reibt seinen Rücken und seine Hände daran.)

Mutter (tritt von rechts mit einem Präsentierteller mit Weinflasche, Kuchen und einigen Gläsern darauf ein, erschrickt heftig als sie Hatim erblickt): Jessas! Der Mohr! Bin aber i jetzt derschrocken! I du schwarzer Teifel, was schaffst jetzt du da? Schau daß d' weiter kommst. Geh' auffa in d' Kuchl!

(Hatim grinst sie verständnislos an.)

Mutter (indem sie das Präsentierbrett auf den Tisch stellt, zum Grafen): Wollt' mir erlauben eine kleine Erfrischung anzubieten, wenn Herr Graf vorlieb nehma möcht'n.

Graf Malte: Nein, nein, ich danke wirklich sehr; ich habe mich bereits empfohlen.

Mutter: Aber nein, goar net a bißl was? Sie, dös is sei a guter Wein!

Hatim (springt plötzlich auf und ruft): **Bana komm', Treppe!** (Er läuft nach der Thür, die er weit aufreißt. Man sieht ihn die äußere Wohnungsthür aufwerfen, neben der er, sich tief verbeugend, stehn bleibt bis Ewert in's Zimmer gegangen ist.)

Ewert (gewahrt den Grafen und stutzt): Guten Abend meine.... Sie hier, Graf?

Graf Malte (etwas verlegen): Hm, ja allerdings. Guten Abend, lieber Freund! (Reicht ihm die Hand.) Ich wollte mich nur erkundigen wie dem Fräulein der gestrige Ball bekommen ist.

Ewert (etwas malitiös lächelnd): Ah jo! (Zu Kathi.) Mein Fräulein gestatten Sie mir, daß ich mich gleichfalls nach Ihrem werten Befinden erkundige?

Kathi (sehr verlegen): Ich danke, Herr Doktor.

Ewert (den Blumenstrauß ergreifend und daran riechend): Ah! wie galant, Herr Graf.

Mutter (ärgerlich): Ja gewiß, so g'hört sich's auch. Is Cahna etwa net recht Herr Doktor?

Ewert: Oh im Gegenteil! Wie käm ich denn dazu, haha! (Zu Hatim mit befehlendem Blick.) Haya, toko hapa! Ngoja kidogo?

Hatim: Ewallah bana! (Verbeugt sich, dann zur Mutter.) Hatim will zu kleine Bana, ganz kleine mtoto Bana seh'. Hatim, kali, nikitika sana!

Mutter: Von mir aus derfst glei in 'n Ofen 'neinkriech'n. (Hatim rasch ab nach rechts.)

Graf Malte (nimmt Ewert bei Seite nach links vorn): Lieber Freund, wir wollen uns doch keine Komödie vorspielen. Es ist wirklich nicht so schwer, hier die Verhältnisse zu durchschauen.

Ewert (gezwungen lachend): Oh, oh, — — hat sie Ihnen etwas gesagt?

Graf Malte: Das war wahrhaftig nicht nötig!

Kathi (die die beiden beobachtet hat, tritt schüchtern näher): Sie sind mir doch nicht böse, Herr Doktor? Ich kann wahrhaftig nichts dafür.

Ewert (auf sie zu): Nein, mein Liebchen, Du kannst wirklich nichts dafür. Komm her! Vor dem da genieren wir uns nicht, der hat's nicht besser verdient. (Er schließt sie in die Arme und küßt sie.)

Kathi (glückselig): Ach du!

Mutter: Ja, schamst di denn gar net, Kathi?

Graf Malte: Oh, Frau Weinzierl, ich kenne mindestens ein halbes Dutzend Damen, die Ihre Tochter um diesen Platz beneiden. — Egmont und Klärchen! Aber so schön habe ich es im Theater noch nicht gesehen. Und die Mutter haben wir auch dabei. Meine Herrschaften, ich ziehe mich zurück, wünsche allerseits guten Abend!

Ewert (seine Hand fassend): Nein — das gilt nicht, lieber Freund! Sie werden von Monsieur und Madame Egmond freundlichst eingeladen ...... Ach da haben wir auch schon etwas Trinkbares. Kommen Sie Graf, machen wir es uns ge= mütlich!

Graf Malte: Nein — danke sehr! Ich muß bitten mich zu entschuldigen — zum Brackenburg fühle ich kein Talent in mir. Ich fürchte ich bin auch etwas zu alt für die Rolle.

Ewert: Ach Mama — Kathi mein Liebling, seid so gut und laßt uns ein paar Minuten allein: ich möchte .....

Kathi: Komm Mami! (Kathi schiebt ihren Arm in den der Mutter, verbeugt sich gegen den Grafen und geht mit der Mutter rechts ab.)

Graf Malte: Aber ich bitte Sie? Ich will Ihnen doch den schönen Abend nicht stören.

Ewert (bittet durch eine Handbewegung Platz zu nehmen und setzt sich selbst vorn links): Nein, mein lieber Graf, ich bin Ihnen eine Auf= klärung schuldig, jetzt, da Sie der Zufall doch einmal zum Vertrauten gemacht hat.

Graf Malte: Der Zufall? Nein, sagen Sie es nur grad heraus — meine Thorheit!

Ewert: Aber mein lieber Graf! Warum? ich bitte Sie! Ich begreife ja vollkommen. Mein Gott! wir wollen uns doch unter uns Männern keine Flausen vormachen.

Graf Malte: Sie sind sehr liebenswürdig lieber Doktor: aber Sie werden begreifen, daß ich mich als ertappter Sünder etwas unbehaglich fühle. Ich versichere Sie, es liegt sonst gar nicht in meiner Natur über die Stränge zu schlagen, aber mein Gott, man läuft vielleicht doch mit unausgefüllten Winkeln da drinnen herum. Sie wissen, ich bin jetzt fünfzehn Jahre ver heiratet und meine Frau .... nun Sie kennen sie ja!

Ewert: Aber ich bitte Sie, kein Wort weiter, lieber Graf! Die weiche Stelle, die unausgefüllte Sehnsucht — glauben Sie, ich kenne das nicht?

Graf Malte (drückt ihm die Hand): O Sie Glücklicher! Wissen Sie, daß ich Sie aufrichtig beneide?

Ewert (warm): Ich bin auch zu beneiden! Sehn Sie, hier bin ich Mensch, hier darf ich's sein. Das Mädchen bietet mir alles, wessen mein Herz bedarf — ich habe nämlich ein Herz, hab' mir's nicht abgewöhnen können, trotz alledem. Diese treue demütige Hingabe, diese sonnige Güte, dieser unerschütterliche Glaube an mein menschliches Teil — sehen Sie, Graf — das macht mich glücklich. Wir kennen uns schon seit zwei Jahren.

Graf Malte: Warum heiraten Sie sie denn nicht? Sie haben doch ein Kind von ihr?

Ewert: Hat sie Ihnen das gesagt?

Graf Malte: Pardon, — das Kind hat es selbst gesagt.

Ewert (gezwungen lachend): Ja nun — sehen Sie — heiraten! Das ist eine andre Sache. Ich muß frei sein, wenn ich meiner Aufgabe leben soll. Für einen halben Wilden, wie ich bin, schickt sich am Ende eine wilde Ehe auch besser.

Graf Malte (nach einer kleinen Pause): Darf ich einmal ernst= haft reden, lieber Freund?

Ewert: Ich bitte darum.

Graf Malte: Sie machen dem Fräulein Melanie v. Crantz in auffallender Weise den Hof.

Ewert (unangenehm berührt): So — finden Sie? Ja du lieber Himmel! ich muß mich doch in der Welt, auf die ich gegenwärtig angewiesen bin, angenehm zu machen suchen.

Graf Malte: Hm! Glauben Sie nicht, daß man diese Bemühungen anders auffassen könnte? Das Fräulein v. Crantz ist eine sehr reiche Erbin — das wissen Sie doch auch?

Ewert (erhebt sich, geht ein paarmal auf und ab; bleibt dann vor dem Grafen stehn und sagt scharf und ungeduldig): Nun ja, eine Offenheit für die andere: wenn ich überhaupt jemals an's Heiraten denken sollte, dann müßte das Heiraten notwendig in mein Programm gehören. Ich muß unabhängig sein, nicht wahr? Und Geld schafft Unabhängigkeit.

Graf Malte (erhebt sich gleichfalls): Und wenn Sie wüßten, daß Sie diesem treuen, lieblichen Geschöpf das Herz brechen würden, — könnten Sie das wirklich über sich gewinnen?

(Ewert steht stumm in der Mitte der Bühne und nagt an seinem Schnurr= bart, der Graf tritt zu ihm, legt ihm die Hand auf die Schulter.)

Graf Malte: Und es ist noch jemand da, dem Sie einen großen Schmerz bereiten würden. Mein Neffe Dedo liebt das Fräulein v. Crantz und bemüht sich schon seit langer Zeit um sie. Er glaubte Hoffnung zu haben.

Ewert: Ihr Neffe? Herr Graf, das ist mir neu. Ich muß gestehen . . .

Graf Malte: Ja wohl, mein Neffe, der in jugendlichem Enthusiasmus sich Ihnen mit Leib und Leben zur Verfügung gestellt hat, der bereit ist, für Sie durch's Feuer zu gehen — für Sie, Herr Doktor!

Ewert (mit raschem Entschluß, reicht dem Grafen die Hand): Hier, Herr Graf, meine Hand darauf, ich werde Ihrem Herrn Neffen nicht mehr im Wege sein.

Graf Malte: Das hab' ich von Ihnen erwartet, lieber Freund! Nun will ich Sie aber Ihren häuslichen Freuden wirk= lich nicht länger entziehen, haha! Ich hoffe doch noch auf Ihrer Hochzeit zu tanzen.

Ewert (begleitet den Grafen nach der Ausgangsthür): Ich will nichts verschwören — kommt Zeit, kommt Rat! (Er öffnet ihm die Thür. Auf dem Gang werden noch einige undeutliche Abschiedsworte gewechselt. Graf ab.)

(Ewert tritt wieder herein, schließt leise die Thür hinter sich, bleibt einen Moment nachdenklich stehen, geht dann rasch zum Mitteltisch, schenkt sich ein Glas Wein ein, stürzt es hinunter und geht murmelnd: Ach was, Kopf hoch' nach der Thüre rechts.)

Kathi (tritt durch die Thür rechts rasch ein). Ist der Herr fort? Ach endlich hab' ich dich! Du wolltest mich doch schon zum Mittagessen abholen oder doch wenigstens zum Kaffee kommen! Den ganzen Nachmittag bin ich dagesessen und 'rumgelaufen wie närrisch. Beim Fenster hab' ich hinausg'schaut und jedesmal wenn's g'schellt hat, bin ich zur Thür g'schossen wie net g'scheidt. — Ach du böser Franzl!

Ewert: Ja, mein liebes Kind, wenn du mich schimpfen mußt, dann schimpf' nur: aber ändern kann ich's nicht. Ich bin eben nicht Herr meiner Zeit. Ich gehöre jetzt allen den Leuten, die mit meinem Verdienst ein Geschäft machen wollen.

Kathi: Nein, nein! Ich sag' auch gar nichts mehr: aber daß du dich so mußt abhetzen lassen! Komm her, setz' dich zu mir! (Geht nach der Chaiselongue.) Oder komm, streck' du dich lieber lang aus; du siehst wirklich ganz abgespannt aus.

Ewert (setzt sich mit ihr und legt den Arm um ihre Schulter): O nein, so arg ist es nicht. Körperlich bin ich so leicht nicht umzubringen.

Kathi: Was hat's denn heute wieder alles gegeben?

Ewert: Mein Gott! wie alle Tage jetzt. Besuche, Konferenzen — und dann hat mich der gute Konsul Gerth zum Diner dabehalten — nur ein Löffel Suppe — weißt Du, wie man zu sagen pflegt: à la fortune du pot. Und nachher saßen wir an die drei Stunden bei Tisch und er ließ die schwersten Weine auffahren. Ja ja mein Kind! Es gehört ein robuster Magen dazu, um sich in Deutschland als Berühmtheit anfeiern zu lassen.

Kathi: Hast du dich ärgern müssen? Du siehst mir ganz aus wie einer, der sich gegiftet hat. O diese Falten auf der Stirn! (Sie will ihn auf die Stirne küssen.)

Ewert (weist sie ungeduldig ab): Ach laß doch das, Kind! Ich kann das Verhätscheln nicht leiden.

Kathi (ängstlich): Bist du mir böse? Du schaust mich ja gar nicht an. Ja — mein Gott, du bist doch net etwa eifersüchtig, weil der Graf zu mir kommen is? Ich hab' ihm wahrhaftig gar keine Ursache gegeben, sich was einzubilden, ich geb' dir mein heiliges Ehrenwort.....

Ewert (springt ungeduldig auf, tritt ein paar Schritte in's Zimmer hinein): Wozu denn? Ich bitte dich, infommodiere dich doch nicht. Ich kenne Dich doch. (Eifersüchtig — lächerlich!

Kathi (bittend): Franz! Du hast etwas! Sag' mir's doch! (Nach einer kleinen Pause, da er nur eine abweisende Geberde macht.) Es is eigentlich doch schade, daß du gar nicht ein klein bißchen eifersüchtig bist: es hätte mich so gefreut; dann hätt' ich doch einen Beweis gehabt, daß du dir etwas aus mir machst.

Ewert (ungedultig): Kind, Kind! kann denn Liebe einzig und allein durch Dummheiten bewiesen werden? Ich kenne dich — ich vertraue dir und damit basta! Außerdem haben wir's doch so ausgemacht: Du bist frei und ich bin frei, wir lieben uns als freie Menschen! Wenn einer den andern nicht mehr mag, so sagt er's ihm ehrlich und wir gehen als gute Freunde auseinander.

Kathi (nur mühsam ihre Thränen zurückhaltend): Franz! warum er
innerst du mich heute daran? Es ist was passiert — ich
fühl's ja.

Ewert: Nein, nein — mein Herz, es ist nichts passiert,
was dich angeht.

Kathie: Doch, doch! Ich seh' dir's an. Komm doch
her zu mir, steh doch nicht so da, so — mit so nervösen Händen.
Komm doch her zu mir, sag' mir's — oder nein — sag' mir
nichts — nimm mich nur in die Arme und drück' mich fest und
sag' mir was liebes in's Ohr.

Ewert (tritt vor sie hin, zieht sie empor, umarmt und läßt sie): Mein
Käthchen, mein dummes, mein süßes! Was du dir für Sorgen
machst! Da — da — da — (Sie auf Mund und Augen küssend.)
Ich hab' dich lieb!

(Kathi bricht in Thränen aus, umklammert seinen Hals und verbirgt den
Kopf an seiner Schulter.)

Ewert: Na, was ist denn das? Weinen darfst du nicht.
Dann kann ich dich nicht leiden. (Setzt sich mit ihr auf die Chaiselongue
und streichelt ihr das Haar.)

Kathi (ihre Thränen trocknend): Verzeih' mir! Ich kann nichts
dafür. Wenn ich daran denke, daß es einmal aus sein sollte . . .
(leidenschaftlich): Franz, du weißt ganz gut, daß das nicht möglich
ist — für mich ist das ganz unmöglich, dann wäre eben alles
aus für mich!

Ewert: Liebchen! reg' dich nicht auf.

Kathi: Du hast doch auch nie mehr davon gesprochen
seit wir den Bubi hab'n. Ich hab' g'meint, nun wär' doch alles
anders — nun können wir ja gar nicht mehr auseinandergehn,
als wäre nichts gewesen!

Ewert: Was quälst du dich denn so? Es ist ja gar
nicht die Rede von Auseinandergehn.

Kathi: Doch, doch! Du kannst so ruhig davon sprechen
das begreife ich nicht. Ich kann gar nicht daran denken,
ohne daß mir das Herz; . . . Franz! Darf ich einmal etwas
sagen? Aber Du mußt mir auch wirklich nicht böse sein! Etwas
ganz dummes vielleicht . . . .

Ewert: Was denn? Sag's nur.

Kathi (gleitet vor ihm nieder auf die Knie, nimmt seine Hand und streichelt sie): Ich wollt dich schon immer fragen — jetzt wo wir doch das Kind haben, und du bist doch nicht mehr arm und du kannst thun und lassen was du willst und niemand hat dir etwas zu befehlen — ob du nicht . . . . . (Eine Thräne ist auf seine Hand gefallen, sie wischt sie mit ihrem Tüchlein fort.) Verzeih!

Ewert (beugt sich zärtlich über sie, nimmt ihren Kopf in seine Hände): Ob du es nun bald sagst, du süßer, trauriger Hasenfuß!

Kathi: Ich trau mich nicht.

Ewert: Dann weiß ich was es ist. Ich soll dich heiraten, gelt?

Kathi (mit plötzlicher Hoffnung, aufjauchzend): Ach Franz! willst du's thun? Ich wollte dich noch tausendmal mehr lieben wenn das möglich wäre. Ich will dir auch gar nicht lästig fallen. Du kannst gehen wohin du willst und ich will still zu Hause sitzen; ich will dich auch gar nicht ein bißchen genieren. Nur daß du daheim bist bei mir, immer, immer, — daß du mich hast, wenn du mich brauchst und daß das Kind einen Vater hat . . . . Sag ja! Sag ja!

Ewert: Versucherin! du liebe, kleine! mach mich nicht weich, (aufspringend) mach mich nicht wild! Ich kann nicht — ich darf nicht! Ich gehöre ja nicht mir, ich gehöre ja dem da, was hier drinnen sitzt in mir. Das schreibt mir den Weg vor, das reißt mich heraus aus dem glücklichen Winkel und treibt mich in die Welt hinein. Ich lebe ja nicht für mich — ich schaffe, ich arbeite, ich verblute mich wenn's sein muß für ein ganzes Volk — für das Glück von Menschen, die noch gar nicht geboren sind. Ich muß frei sein, Kind, — versteh' das doch! Ich will Menschen hinausführen aus der Enge — wie kann ich selbst in der Enge leben!

Kathi (ganz in sich zusammengesunken, faltet die Hände in ihrem Schoß): Dann bin ich dir eben nichts — gar nichts.

Ewert (tritt vor sie hin): Komm steh auf! Du sollst nicht knieen vor mir, du nicht! Meine Welt, in der ich lebe und der ich mich opfere, die möchte ich so zu meinen Füßen sehen. Menschen in die Kniee zwingen — ah! Das ist meine Freude: aber du sollst nicht knieen — vor dir will ich knieen, vor deiner großen

Liebe will ich mein Herz in den Staub werfen. (Er hebt sie auf, hilft ihr sich auf der Chaiselongue niederlegen und kniet zu ihren Häupten nieder.)

Kathi (die alles willenlos mit sich thun ließ, blickt ihn starr und wehmütig an, indem sie mit den Fingern durch sein Haar streicht): Du willst mich trösten, du sagst das so schön — aber ich weiß jetzt doch was ich weiß. Ich bin nichts, ich kann dir ja nichts sein. Nicht einmal soviel wie die schönen vornehmen Damen, denen du gestern auf dem Ball gehört hast!

Ewert (erhebt sich ärgerlich lachend): Ach laß mich doch mit den Damen aus! Wenn dich die beunruhigt haben? Weißt du wer das war?

Kathi: Dein Freund, der Herr Graf, hat es mir gesagt.

Ewert: Nun also — auf die warst du eifersüchtig? Närrchen!

Kathi: Aber Franz! so wie du dich gestern um die Damen bemüht hast — ich bitte dich — sie könnten doch denken . . . .

Ewert: Was geht's mich an wenn sie sich was einbilden? Ich brauche die Leute, es sind notwendige Werkzeuge. Liebes Kind, ich bin über Leichen gegangen ohne zu zittern — das gehört zu meinem Beruf. Jeder Mensch, der etwas Neues und Großes durchsetzen will hat den Kampf mit der Dummheit aufzunehmen — aber darum hat er auch das Recht, die Dummheit für sich auszunützen. Wenn mir so ein Werkzeug in der Hand zerbricht — was ist da weiter? — in's alte Eisen damit und ein neues her.

Kathi: Bin ich auch so ein Werkzeug?

Ewert (übermütig): Nein — du Kleines! Dich kann ich zu gar nichts gebrauchen. Du bist ein ganz überflüssiger Luxusgegenstand. Du bist eine Blume, die bei mir am Fenster steht. — Du bist das bißchen Schönheit, das bißchen Duft, das jeder Mensch so notwendig braucht zum Leben wie's liebe Brot, wenn er nicht verknöchern und versauern will.

Kathi: Das bißchen Schönheit?

Ewert (nimmt sie in seine Arme und wiegt sie hin und her): Ja! — Dich geb' ich nicht her! Du sollst mir in der Sonne stehen und duften — nur für mich!

Kathi (ganz leise vor sich hin): Bis du verblüht bist.

Ewert: Nicht doch, Herz! Unsinn! Lustig sein! — Komm Liebchen schürz' und schwinge dich! Ich bin dir noch ein Souper schuldig von gestern und außerdem habe ich trotz aller Liebe und trotz des konsularen Mittagessens schon wieder einen glänzenden Appetit. Bist du dabei? Der Rest des Tages gehört dir. (Flüstert ihr ins Ohr.) Und wir rechnen den Tag bis morgen früh!

Kathi (springt auf, küßt ihn rasch und deutet dann auf ihr Kleid): Bin ich so gut genug?

Ewert: Ja, so bist Du gut genug.

Kathi (im Abgehen): Ich komm gleich. (An der Thür zögert sie ein Weilchen und schaut ihn bittend an.) Du hast heute noch gar nicht nach dem Bubi gefragt?

Ewert: Ach so, Pardon! Verzeihe, das hätte ich wirk= lich . . . darf ich hinein?

Kathi: Laß nur, ich bring ihn dir. (Rechts ab.)

Ewert (allein, schaut ihr glücklich lächelnd nach): Du Liebes!

Hatim macht leise die Thür auf und hält sie offen. Die Mutter schiebt einen Kinderwagen herein. Kathi folgt gleich hinterher mit Hut und Schleier in der Hand.

Mutter: So da ham's jetzt Ihren Herrn Sohn! Is dös net a Pracht? Und wie g'scheidt er umanand schaugt!

Ewert (beugt sich über den Wagen): Rosig und ruhig! — Fabelhaft! Ein Philosoph für die Welt! Das will mein Sohn sein, haha!

Mutter: Herr Doktor, wenn's eppa meina . . .

Ewert: Was denn, was denn, beste Mama?

Mutter: I thät mir's auch schön ausbitt'n. Uns kann ka Mensch nix nachsag'n.

Ewert (lächelnd): Du Kathi, hast du das gehört? Ich glaube, die Mama traut mir jede Schlechtigkeit zu.

Kathi: Ach geh' zu, die meint's net so. (Tritt zu ihm an die Wiege und legt ihren Arm um seine Schulter.) Wie er dich anschaut! Jetzt ist er satt und liegt ganz still. Magst' ihn leiden, den kleinen Kerl?

4*

Ewert: Hm! Merkwürdig! auf mich wirkt er immer noch überraschend.

Kathi (giebt ihm einen leichten Stoß): Ach geh zu! Du verdienst ihn gar net. (Sie setzt sich vor den Spiegel den Hut auf.)

Mutter: Ja, was is jetzt dös? Ihr wollt's doch net fort?

Ewert: Ja, wir haben gestern so wenig von einander gehabt — ich bin Kathi Revanche schuldig.

Kathi: Gelt Mami, giebst auf'n Bubi Obacht?

Mutter: Wann kommt's denn Ihr heim?

Ewert: Ja, das wissen die Götter!

Mutter: A so is g'meint? Gestern hab' i müss'n die ganze Nacht sitz'n und auf'n Bubi pass'n und heut' hab' i mi so g'freut auf an gut'n Schlaf — ja Schneken! Do heißt's wieder: „Gelt Mami, du bist wohl so gut!"

Kathi: Aber heut' Nacht wird er schon durchschlafen: es fehlt ihm ja nix mehr.

Ewert: Wissen Sie was, Mama? Legen Sie sich ruhig in's Bett. Ich lasse Ihnen meinen Hatim als Kindsmagd da, der macht sich ein Vergnügen daraus, was Hatim? Mtoto inatake kulalla. Angalia wewe*) katafuta kidogo.

Ewert: Ndio bana, ewallah! Kwa heri. (Hilft dabei Ewert in den Überzieher.)

Ewert: Bist Du fertig, Kathi?

Kathi (die inzwischen aus dem Schrank Mantel und Muff genommen und sich rasch angekleidet hat): Jawohl, ich bin fertig. Gut Nacht Mami, (Hängt sich an Ewert's Arm, wirft dem Kind eine Kußhand zu.) Schlaf süß, Bubimann! Ich bring' dir Krachmandeln und Rosinen mit, die darf die Großmama für dich essen.

Mutter: Was is jetzt dös? Mit dem Schwarzen soll i alloan dahoambleib'n. Na, na, ich dank' schö! dös thu i fei net.

Ewert (Kathi rasch mit sich nehend, lustig): Gute Nacht Mama, wünsch' angenehme Ruh'! Nimm dich nur in Acht, daß der Hatim dir nicht gefährlich wird. (Zacken mit Kathi links hinten ab.)

---

*) Das W wird im Suaheli stets englisch ausgesprochen; also z. B. wewe = neue. Betonung stets auf der vorletzten Silbe.

Mutter: Leichtsinnige Bagaschi! (Schüttelt den Kopf, kaum lacht sie vor sich hin.) Du, Schwarzer! Jetza woll'n ma glei schaug'n, obst d' g'scheidt bist. Jetzt sollst 'n Bubi in Schlaf wackeln. Da sitz di nieder — und nacha schiebst den Wagen allawei so hin und her. (Setzt ihm einen Stuhl hin und macht ihm durch Geberden ihre Absicht klar.)

(Hatim setzt sich auf den Stuhl, grinst sie freundlich an und beginnt den Wagen hin und her zu schieben.)

Mutter: So is recht! I mach ma's derweil bequem am Kanape und lies mei' Zeitung. (Schiebt sich die Lampe an's Kopfende des Sofas, nimmt die Zeitung vom Tisch, streckt sich auf das Sofa, gähnt und seufzt.)

Hatim (nach einer kleinen Pause): Hatim sing schön.

Mutter: Was willst? Singa? Na, na, dös vertragt ma der Bubi net.

Hatim (beginnt zu singen):

> Pani kiti nikae kitako
> Tumbuize wangu Mananazi
> Tumbuize wangu mana mke
> Mpangua hamu na simanzi.

(Er bricht plötzlich, von Rührung übermannt, ab und beugt sich über das Bettchen.)

Mutter (erhebt sich erschrocken): Jessas! Jessas! Jessas! Er werd ma do net an Bubi fressen! Hatim! was machst denn, du schwarzer Deisel du? Ja was is jetz dös? I glaub' goar, du flennst?

Hatim (mühsam sein Schluchzen verbeißend): Hatim sing — auf kleine Bubi — Afrika — thute weh — hier! (Zeigt auf sein Herz.)

Mutter (tritt zu ihm, klopft ihm auf den Rücken): Hoamweh hast? Armer Narr!

Hatim (wischt sich die Augen mit dem Ärmel und zwingt sich zu breitem Grinsen): Hatim dumm! Hatim — sing lustig! (Er singt lustig aber gedämpft den zweiten Vers.)

> Husimana tim wa mlango,
> Kiwa nde kwenda matambezi
> Kiwa nde kaingia shughuli
> Kiwaambia wakwe waandazi.*)

Während dessen fällt der Vorhang.

---

*) Siehe die Notenbeilage am Ende des Buches.

Dritter Aufzug.

Salon bei Gerth. Großer, mit dem etwas bizarren Geschmack einer nervösen Dame ausgestatteter Raum. In der linken Seitenwand ein großer Erker und noch zwei Fenster. Die aus dem ersten Akt bekannte Schiebethür nach dem Arbeitszimmer des Konsuls befindet sich in der Mitte der Hinterwand. Rechts zwei Flügelthüren, die vordere in das Eßzimmer, die hintere nach dem Corridor. Ganz vorn rechts ein Kamin, davor üppige Teppiche und Polstermöbel. Links vorn ein zweites Etablissement mit Divan, kleinen Tischen und leichten Stühlen. Weiter hinter nahe dem Erker ein Stutzflügel. Große Ölbilder, weitere Möbel und Dekoration nach Geschmack. In der Mitte des Plafonds hängt ein elektrischer Lustre. Weitere Beleuchtung nach Bedarf. Es ist Abend. Die Gardinen sind geschlossen, es brennen jedoch nur wenige Flammen.

Leonore sitzt beim Kamin, sie liest in einem Buch mit gelbem Umschlag, welches sie gleich nach Aufziehen des Vorhangs in den Schoß sinken läßt, um träumerisch vor sich hinzustarren. Eva liegt auf dem Divan bäuchlings ausgestreckt, den Kopf in beide Arme gestützt, eifrig in einem Kinderbuche lesend. Nach einer kleinen Pause blättert Eva geräuschvoll um. Leonore fährt zusammen und schaut nach dem Kinde.

Leonore: Eva, ich glaube es ist Zeit für dich, zu Bett zu gehen. Hör jetzt auf zu lesen.

Eva: Aber Mama! Es ist doch noch lange nicht acht Uhr — nur noch die Geschichte zu Ende, es sind bloß noch vier Seiten.

Leonore: Ja, aber wenn die Herren mit ihrer Sitzung zu Ende sind, kommen sie hierher, und dann dürfen sie dich nicht mehr finden — das bitte ich mir aus.

Eva: Ach Mama, sei doch nicht so! (Sie steckt die Finger in die Ohren und liest eifrig weiter.)

(Kleine Pause. Man hört aus dem Hinterzimmer sehr gedämpft mehrere streitende Männerstimmen. Leonore horcht plötzlich auf, erhebt sich und eilt nach einem gegenüberliegenden Fenster, schiebt die Gardine bei Seite und schaut hinaus. Sie ist von den Gardinen, nach hinten, zugedeckt.)

(Melanie tritt unmittelbar darauf durch die vordere Thür rechts herein und läuft nach dem Erker.)

Leonore (einen Schritt vortretend): Was willst du?

Melanie: Mir war's, als hörte ich einen Wagen vorfahren.

Leonore: Vom Speisezimmer aus willst du das gehört haben? Haha! da mußt du schön die Ohren gespitzt haben.

Melanie (zuckt die Schultern): Du läufst doch auch alle Augenblicke an's Fenster und horchst und guckst.

Leonore: Ich? Fällt mir gar nicht ein! Ich bin nur zum Klavier gegangen, wie du siehst. (Setzt sich rasch an den Flügel und spielt ein paar Takte Chopin.)

Eva (unartig): Mama, ich kann ja nicht lesen!

Melanie (schlägt ungeduldig auf den Deckel des Flügels): Du vergißt wohl ganz, daß da drin (nach der Hinterthür zeigend) der Aufsichtsrat versammelt ist?

Leonore (hört auf zu spielen, lachend): Bist du nervös, seit du in Unjamwewe spekulierst! Sind deine Aktien wieder gefallen?

Melanie: Ach, nervös! Ich bin gar nicht nervös! Aber der Schnellzug von Vlissingen muß doch schon vor einer halben Stunde mindestens angekommen sein.

Leonore (steht vom Flügel auf, tritt zu Melanie und streichelt sie über die Schulter wie ein kleines Kind): Ewert hat wohl versprochen, dir aus London etwas Schönes mitzubringen, daß du es gar nicht mehr erwarten kannst?

Melanie: Ach laß mich! Soll ich vielleicht nicht ungeduldig sein, wo es sich möglicher Weise um Leben und Tod handelt für Unjamwewe?

Leonore (immer neckend): So, so, für Unjamwewe? Ach, gutes Kindchen, warum strengst du dich so an — ich glaube dir's ja doch nicht.

Melanie: Bist du vielleicht nicht aufgeregt? Du gehst ja herum mit einem Gesicht, die ganzen Tage über, seit Ewert fort ist — jeder Mensch im Hause bemerkt es ja.

(Eva hat die Finger aus den Ohren genommen und hört gespannt zu, schaut aber wieder in ihr Buch, sobald sie ein Blick streift.)

Leonore: Wenn ich aufgeregt bin, so ist das ganz etwas anderes: es handelt sich um Stellung und Vermögen meines Mannes. Aber du . . .

(Melanie setzt sich rasch an's Klavier und spielt einige Takte eines Strauß'schen Walzers.)

Leonore (bei ihr am Klavier, beugt sich ganz nahe zu ihr): Ist das auch eine Erinnerung an den Presseball? Der ist jetzt schon sechs Wochen her, und seitdem habe ich nicht bemerken können, daß sich Ewert besonders um dich bemüht hätte. Was will denn das bißchen Ballflirt überhaupt bedeuten für einen Mann wie Ewert? Melanie, sei vernünftig, hörst du? Gieb dich keinen solchen Illusionen hin.

Gerth (durch die Mittelthür herein): Was fällt Euch denn ein, hier Klavier zu spielen?

Melanie (bricht ihr Spiel ab): Pardon!

Eva (schadenfroh): Siehst du, Tante!

Melanie (ärgerlich zu Eva): Ach, mach, daß du in's Bett kommst! Es ist höchste Zeit für dich.

Gerth (indem er quer durch's Zimmer nach dem Erker geht, um durch's Fenster hinauszuschauen): Jawohl, Kind! Ich weiß nicht, was du hier noch zu suchen hast.

Leonore (streng): Eva, hörst du nicht? Gehorche!

Eva: Laß mich doch, Mama! Es ist gerade so spannend.

Leonore: Nein, keine Zeile mehr! (Nimmt ihr das Buch weg.) Du mußt noch deine Milch trinken, dein Abendbrot essen, und dann lernst du deine Aufgaben noch einmal über, hörst du?

Eva (weinerlich): Mama, du bist gar nicht mehr nett zu mir. Früher habe ich viel länger lesen dürfen, und du hast gesagt, es wäre schön, wenn ich allein meinen Geist weiter bildete.

Gerth: Hehehe!

Leonore: Ach, Unsinn!

Eva: Herr Fröschl hat's auch gesagt.

Leonore: Es ist mir ganz gleichgültig, was Herr Fröschl sagt.

Eva: So?! Tante Melanie, hast du das gehört?

Melanie: Lerne du nur erst gehorchen und deinen Mund halten! Das ist wichtiger als alles andere.

Eva (schmollend zu Melanie): Ach, mit dir ist auch nichts mehr! (Geht trotzig rechts hinten ab.)

Gerth (vom Fenster zurücktretend): Noch nichts zu sehen! Ich begreife gar nicht, wo er bleibt. (Zu den Damen.) Ewert hat uns versprochen, sofort vom Bahnhof hierher zur Sitzung zu kommen. Ich sage Euch, wir sitzen wie auf Kohlen. (Schaut nach der Uhr.) Unbegreiflich! (Rasch ab durch die Mittelthür.)

(Kleine Pause. Melanie steht einen Augenblick unschlüssig, über die Antwort nachdenkend, die sie ihrer Schwester geben könnte, zuckt dann ärgerlich die Achseln und will nach dem Eßzimmer abgehen.)

Leonore (geht ihr rasch nach, faßt sie um die Taille und sagt liebenswürdig): Komm, Schwesterchen, wir wollen doch einmal vernünftig miteinander reden. Ich meine es wirklich gut mit dir. Schlage dir die Geschichte aus dem Sinn. Ewert denkt gar nicht im Traum an's Heiraten. Außerdem weiß er doch, daß du mit dem Grafen Dedo so gut wie verlobt bist.

Melanie (heftig): Ich habe nie im entferntesten an den Grafen Dedo gedacht!

Leonore (drohend): Du, Kind, das ist ein bißchen arg geschwindelt!

Melanie (macht sich ungeduldig von ihrer Schwester los und wirft sich in den nächsten Sessel): Ach, du bist ja blos eifersüchtig!

Leonore: Eifersüchtig? Ich?! Hör' mal, das ist ja eine außerordentlich scharfsinnige Bemerkung!

Melanie: Da gehört gar kein besonderer Scharfsinn dazu. Du nimmst dich ja auch gar nicht zusammen. Du strahlst ja immer förmlich, wenn die Thür aufgeht und er hereintritt. Und allen anderen Menschen gegenüber bist du gereizt und nervös. Um deine Kinder kümmerst du dich kaum mehr — deinen treuen Freund und stillen Verehrer Fröschl behandelst du en canaille ..

Leonore (aufbrausend): Was fällt dir denn ein, so zu mir zu reden? Ist das der Dank dafür, daß ich dich in meinem Hause aufnahm und mich all den angenehmen Pflichten einer Mutter, die eine Tochter zu verheiraten hat, unterziehe?

Melanie: Ich kann ja auch fortgehen, wenn ich dir hier unbequem werde.

Leonore (nach der Ausgangsthür rechts horchend): St! still! Ich glaube . . . ja, das ist seine Stimme. (Tritt hinter Melanie und klopft ihr auf die Schulter.) Also, mein Herzchen, damit du siehst, wie uninteressiert ich bin: ich überlasse dir den Mann — haha, ich schenke ihn dir! Du sollst die Erste sein, die ihn auf dem Boden des Vaterlandes wieder begrüßt. Viel Glück, Schwesterchen! (Rasch ab in's Eßzimmer.)

E w e r t (im Reiseanzug, mit kleinem, weichen Filzhut, im Eintreten nach außen sprechend): Nein, danke, lassen Sie nur! Anmelden ist nicht nötig, die Herren erwarten mich bereits. (Er bemerkt Melanie, die rasch aufgestanden ist): Ah, mein gnädiges Fräulein! (Tritt rasch zu ihr und küßt ihr die Hand.)

M e l a n i e : Willkommen daheim, Herr Doktor!

E w e r t (hält ihre Hand noch ein Weilchen fest): Herzlichen Dank! Wissen Sie, ich nehme es als eine gute Vorbedeutung, daß mir der erste Willkommengruß auf dem Boden des teuren Vater= landes . . . Warum lächeln Sie denn?

(M e l a n i e lächelt gezwungen in Erinnerung, daß Leonore eben dieselben Worte gebraucht hat, geht nach der offenen Eßzimmerthür, um sie zu schließen.)

E w e r t : Warum laufen Sie mir denn davon? Ach, Sie finden wohl die sentimentale Redensart komisch nach einer Ab= wesenheit von nur fünf Tagen?

M e l a n i e (schließt die Eßzimmerthür): Nein, ich wollte nur . . . da drin wird der Tisch gedeckt, ich dachte . . . (Sie steht sehr ver= wirrt an der Thür.)

E w e r t : Aber was haben Sie denn, mein liebes Fräulein?

M e l a n i e : Ach, nichts. Wir haben Sie alle so ungeduldig erwartet. Wie hat sich denn die Sache in London entschieden?

E w e r t (nimmt sie wieder bei der Hand und führt sie nach vorn): Nein, mein gnädiges Fräulein, so entkommen Sie mir nicht! Sie sind so aufgeregt. Sagen Sie mir doch . . . wir sind ja jetzt allein — ich glaube, seit Wochen zum ersten Male allein   haben Sie Verdruß gehabt?

M e l a n i e : Ich — ich kann es Ihnen nicht sagen. (Bricht plötzlich in Thränen aus.)

E w e r t : Ja, was ist denn das? Ist vielleicht mit dem jungen Grafen Pohlen irgend etwas nicht in Ordnung?

M e l a n i e (blickt ihn erstaunt an) Wie kommen Sie darauf?

E w e r t : Ja, ich weiß doch, wie Sie zu ihm stehen. Ich meine doch, das wäre hier im Hause überhaupt kein Geheimnis mehr. Ich glaubte, man würde bald gratulieren dürfen.

(**Melanie** zuckt zusammen, starrt ihn einen Augenblick erschrocken an und will dann, einen neuen Thränenausbruch krampfhaft unterdrückend, rasch nach hinten abgehen.)

Ewert (eilt ihr nach und ergreift sie abermals bei der Hand): Aber Fräulein von Crantz, warum wollen Sie denn durchaus heute immer vor mir davonlaufen?

Melanie (mühsam): Die Herren vom Aufsichtsrate sitzen da drin und erwarten Sie schon ungeduldig.

Ewert (sehr liebenswürdig herzlich zu ihr): Lassen wir sie sitzen. Davon wird ihnen das Herz nicht brechen, den Herren vom Aufsichtsrate. Kommen Sie, liebes Fräulein, seien Sie brav. Ich verlange keine Geständnisse von Ihnen. Ich glaube schon vollkommen zu verstehen, wie die Dinge liegen. Es scheint mir jetzt wirklich am wichtigsten, zunächst einmal Ihre Herzensangelegenheit in Ordnung zu bringen. So, bitte, setzen Sie sich! (Er weist ihr einen Platz beim Kamin an.)

Melanie (setzt sich mit einem Seufzer): Ach, warum bemühen Sie sich denn? Ich sehe es ja — ich bin Ihnen ja so gleichgültig.

Ewert (setzt sich dicht neben sie auf ein ganz leichtes Stühlchen): Nicht doch, kleines Fräulein! Jetzt wollen Sie sich selber gegen mich aufhetzen. Aber das taugt nichts. Hören Sie mir nur einen Augenblick zu, ich mache es kurz und — schmerzlos, obwohl ich kein approbierter Zahnarzt bin. — Also stellen Sie sich einen Mann vor, der viele Jahre lang nicht mehr in anständiger Gesellschaft verkehrt hat und zuletzt gar ausschließlich mit Niggern, Flußpferden und ähnlichem Grobzeug umgegangen ist. Der wird plötzlich wieder in die vornehme Welt der europäischen Kultur zurückgeschleudert, und da begegnet ihm gleich bei seinem ersten Debut — so etwas! (Er küßt ihr die Hand.) Und dieses reizende, unerhört feine Etwas kommt ihm mit großer Herzlichkeit entgegen, bewundert ihn, wie Desdemona ihren Mohren von Venedig, und spendiert außerdem gar noch hunderttausend Reichsmark für seine Unternehmungen. Ja, mein liebes Fräulein, ich hätte doch ein ausgemachter Stockfisch sein müssen, wenn ich mich da nicht auf der Stelle in Sie verliebt hätte. Inzwischen habe ich aber schon wieder Zeit gehabt vernünftig zu werden. Ich habe eingesehen, daß ich kein Mann für den europäischen Ehebegriff und besonders kein Mann für eine so feine, seine, kleine Dame bin. Das ist bedauerlich, aber . . . (Er wirft sich etwas plötzlich zurück, so daß die Lehne des Stuhles knackt, sieht rasch auf und dreht lächelnd den Stuhl in der Hand herum.) Ebensowenig wie ich ein Mann für Ihre Stühle bin. Sie sehen, ich kann mich nicht einmal ungefährdet bei Ihresgleichen häuslich niederlassen. Glauben Sie mir, ich würde nicht nur Ihre zarten Stühlchen, sondern vielleicht auch Ihr feines, elegantes Herzchen zerbrechen. Auf diese Stühlchen, wie in dieses Herzchen gehört ein Leutnant von der Garde oder sonst etwas Angemessenes.

Melanie: Es ist sehr unzart von Ihnen, sich so über mich lustig zu machen.

Ewert: Oh, ich mache mich wirklich nicht über Sie lustig. Ich würde das auch nicht sagen, wenn dieser Leutnant von der Garde nicht zufällig vorhanden wäre, und nebenbei ein so ausgezeichnetes Exemplar seiner Gattung.

Melanie: Sind Sie etwa von ihm beauftragt?

Ewert: Oh bitte! Wir haben nie über Herzensangelegenheiten gesprochen.

Friedrich (tritt mit einer Karte von hinten rechts auf). Herr Leutnant Graf Bohlen.

Melanie (springt auf): Ah, das ist doch — war das etwa eine Verabredung?

Ewert (lacht): Mein Ehrenwort — nein.

Melanie (zu Friedrich): Melden Sie den Herrn meiner Schwester. Oder warten Sie, ich werde es ihr selbst sagen. (Geht rasch ab in's Eßzimmer.)

Ewert (gefolgt von Friedrich, geht nach der Ausgangstür und spricht hinaus): Treten Sie nur ein, lupus in fabula! Haben Ihnen nicht eben die Ohren geklungen? (Drückt ihm herzlich die Hand.)

Graf Dedo: Von mir war die Rede? Aber doch wohl nicht im Aufsichtsrat?

Ewert: Oh nein. Denken Sie, der unglückliche Aufsichtsrat zappelt noch immer da drin! Sprechen Sie um Gottes willen leise, denn die Herren sind imstande, mich um Amt und Brot zu bringen, wenn sie entdecken, daß ich sie so lange in Angst und Bangen warten lasse, um hier erst Herzensangelegenheiten in Ordnung zu bringen.

Graf Dedo (stutzt): Herzensangelegenheiten? Darf ich fragen, wie ich das verstehen soll?

Ewert (sehr gemütlich): Warum nicht? Sie dürfen schon fragen. Kommen Sie, setzen wir uns doch.

Graf Dedo (abwehrend): Pardon, ich will mich nicht lange aufhalten. Ich habe nämlich eben bei meinem Onkel vorge= sprochen. Der Diener wollte gerade fort mit einem Telegramm, das für ihn eingelaufen ist; da habe ich es gleich selbst mitge= bracht (zieht ein Telegramm aus dem Ärmelaufschlag hervor) denn ich wollte die Gelegenheit benutzen, mich von den Damen des Hauses zu verabschieden.

Ewert: Verabschieden, wieso?

Graf Dedo: Ich habe den nachgesuchten Urlaub für zwei Jahre in der Tasche. Heute Morgen herausgekommen.

Ewert: Ah, bravo! Und da wollen Sie sofort abreisen?

Graf Dedo: Jawohl. Das heißt, ich wollte erst eine kleine Abschiedstournée bei meinen Verwandten auf dem Lande machen und mich dann nach Egypten begeben, um mich an das Klima zu gewöhnen und die nötigen sprachlichen und sonstigen Vorstudien zu machen. Halten Sie das nicht für praktisch? Natürlich stehe ich jederzeit zu Ihrer Verfügung, wenn Sie mich draußen brauchen.

Ewert: Famos! Gestatten Sie, daß ich Sie umarme. Mein erster Offizier! Mein lieutenant (französisch gesprochen) mein erkorener Statthalter im Reiche Unjamwewe — o, auf diese Er= oberung bin ich stolz! (Drückt ihm herzlich beide Hände.) Aber sagen Sie mal, werden Sie denn Ihre hiesigen Geschäfte so rasch ab= wickeln können? Ich dächte, Sie hätten gerade hier im Hause gewisse Angelegenheiten zu ordnen . . .

Graf Dedo (steif): Pardon, ich verstehe nicht.

Ewert (zieht Dedos Arm durch den seinigen): Na, reden wir doch mal ganz offen mit einander. Ich habe eben eine kleine Unter= redung unter vier Augen mit Fräulein von Crantz gehabt.

Graf Dedo (macht sich von ihm los und stößt mit nicht zu unter= drückender Heftigkeit seinen Säbel gegen den Boden): Warum sagen Sie mir das?

Ewert: Halloh! (Setzt sich rasch auf den Divan und schaut Dedo lächelnd an.)

Graf Dedo: Ich begreife überhaupt nicht, wie Sie ein Vergnügen daran finden können, Herr Doktor, Ihre merkwürdig gute Laune vor mir zur Schau zu tragen.

Ewert: Ja, erlauben Sie mein lieber Graf, warum soll ich denn, zum Kuckuk, nicht guter Laune sein? Ich komme mir in der Rolle des guten Lustspielonkels eben verflucht komisch vor. Man wird sich doch noch über sich selber amüsieren dürfen.

Graf Dedo (achselzuckend): Ich verstehe Sie nicht. — Wollen Sie die Güte haben, meinem Onkel die Depesche zu übergeben? (Legt sie auf den nächsten Tisch.) Ich bin jetzt nicht in der Stimmung, den Damen meine Aufwartung zu machen. (Verbeugt sich und will nach der Ausgangsthür.)

Ewert (springt auf, holt ihn rasch ein): Aber, lieber Freund! Ja, läuft denn heute alles vor mir davon? Was ist denn das für ein sonderbares Mißverständnis? Sie scheinen zu glauben, daß ich mit dem Fräulein Melanie in eigener Sache zu thun gehabt hätte.

Graf Dedo (sehr überrascht): Ja — etwa nicht?

Ewert: Ja, mein Gott! Hat Ihnen denn Ihr Herr Onkel nicht gesagt . . .

Graf Dedo: Was denn?

Ewert: Daß ich feierlich auf jede weitere Bewerbung um das Fräulein verzichtet habe, sobald ich erfahren hatte, daß Sie sich um sie bemühen.

Graf Dedo: Ist das wahr?

Ewert: Ja, warum hat er Ihnen denn das nicht gesagt?

Graf Dedo: Weil er meinen verdammten Stolz kennt, wahrscheinlich. Er weiß, daß ich mir nichts schenken lasse.

Ewert: Schenken lassen? Aber davon ist doch gar keine Rede! — Nun sagen Sie blos, Sie wollten wirklich mit einem Ihrer Meinung nach bevorzugten Nebenbuhler in den dunklen Kontinent ziehen? Ich danke — recht angenehme Situation für mich. Haha! Recht gemütliche Zeltkameradschaft!

Graf Dedo: Ich hatte Ihnen einmal mein Wort gegeben, und da war es doch selbstverständlich, daß . . .

Ewert: Na, hören Sie mal! Ein gewisser Anstand versteht sich ja unter Gentlemen allerdings von selbst, aber übertriebene Tugenden sind vom Übel. Haben Sie wirklich die ganzen Wochen über geglaubt, ich ginge mit dem Gedanken um, Ihnen Ihre Erkorene abzujagen? Und das haben Sie sich ruhig gefallen lassen?

Graf Dedo: Das Fräulein kam Ihnen ja selbst so sehr entgegen, daß ich . . .

Ewert: Ach was, Unsinn! Wenn ein Mann wie Sie oder ich so ein Mädchen ernstlich haben will, dann kriegt er sie auch. In solchen Dingen hört die Rücksicht auf. Einfach über den Haufen rennen, wer sich Einem in den Weg stellen will!

Graf Dedo: Sie haben ja doch selbst Verzicht geleistet aus Rücksicht gegen mich.

Ewert: Aber das war doch kein Opfer. Bei mir saß die Geschichte nicht so tief. Wissen Sie, lieber Freund, daß ich Ihnen das positiv übel nehme, dieses kaltblütige Zusehen und heroische Verzichten?

Graf Dedo (sehr lustig): Ja, sollte ich Sie vielleicht vor meine Klinge fordern?

Ewert: Aber selbstverständlich! Glauben Sie mir, ich hätte Sie darum nur um so höher geschätzt. Männer, wie wir sie da draußen brauchen, dürfen sich nun einmal nicht in die Suppe spucken lassen, wie man zu sagen pflegt.

Graf Dedo: Also mein Ehrenwort: wenn Sie mir noch einmal zu nahe treten, mein Herr, so massakriere ich Sie.

Ewert: Bravo! Aber bitte, nicht so laut, (flüstert) sonst muß ich mich taubstumm stellen und es Ihnen schriftlich geben, daß Sie der Teufel holen soll, wenn Sie sich noch einmal etwas von mir gefallen lassen.

Graf Dedo (lachend): Danke sehr — Sie sind zu liebenswürdig! (Schütteln sich kräftig die Hand.) Aber bei den Damen werde ich mich doch lieber heute nicht sehen lassen. Bitte, wollen Sie nur an das Telegramm denken.

Ewert: Gewiß, soll besorgt werden. Auf Wiedersehen! Jetzt bleiben Sie doch noch ein paar Tage hier?

Graf Dedo: Allerdings. Auf Wiedersehen! (Rasch ab nach rechts hinten.)

Leonore (von rechts vorn; nachdem sie sich durch einen raschen Blick vergewissert, daß Graf Dedo gegangen, sehr rasch auf Ewert zu, leise rufend): Herr Doktor Ewert?

Ewert (wendet sich rasch um, geht auf sie zu und schüttelt ihr die Hand): Jawohl, der bin ich. Eben von London zurück und, wie Sie sehen, in nichts weniger als salonfähiger Toilette.

Leonore: Entschuldigen Sie, daß ich Sie aufhalte, aber ich muß wissen, was Sie drüben ausgerichtet haben.

Ewert (lustig): Oh, all right!

Leonore (lebhaft in die Hände klatschend, fast dürstend, ausgelassen): Wahrhaftig? Ach, das ist herrlich! Da muß ich illuminieren. So — es werde Licht im dunklen Kontinent! (Drückt auf die elektrischen Wechsel, alle Glühlampen brennen.) Haben Sie wirklich dem englischen Konsortium seine angeblichen Rechte auf Unjamwewe abkaufen müssen?

Ewert: Es blieb nichts Anderes übrig. Diese Hallunken von schwarzen Majestäten hatten wahrhaftig ihre Königreiche mehrmals verkümmelt, und die englischen Verträge waren eben so gut wie meine — ich vermute sogar, daß der Whisky, den sie sich's haben kosten lassen, besser war als mein deutscher Cognac. Wäre es uns nicht gelungen, die Geschichte mit Bargeld abzumachen, so hätten wir ganz sicher uns die ganze afrikanische Herrlichkeit vor der Nase wegschnappen lassen — wie ich meine lieben Landsleute kenne.

Leonore: Hat es viel gekostet?

Ewert: Fünfzigtausend Pfund.

Leonore (erfreut): Huit! Oh Jemine! Wie wollen Sie den Herren das beibringen?

Ewert (zuckt die Schultern): Die Herren haben mir ja Vollmacht gegeben.

Leonore: Die? (Nach der Mitteltür deutend) Das Telegramm war von mir!

Ewert (erstaunt): Von Ihnen, gnädige Frau?

Leonore: Natürlich. Mein guter Rudolf schwankt ja wie ein Rohr im Winde, seit die Agitation gegen Unjamwewe so lebhaft geworden ist. Kommerzienrat Crusius verhielt sich strikte ablehnend, Engel machte selbstverständlich faule Witze, und selbst unser lieber Graf traute sich nicht bedingungslos für Ihre Forderung einzutreten. Nein, war das eine Aufregung, wie Ihre Depesche kam, in der Sie plein pouvoir verlangten! Die Herren waren zu einem kleinen Diner bei uns gewesen und saßen beim Mokka hier in unserm Salon. Ich ging selbst mit den Likören herum: Chartreuse oder Cognac gefällig, meine Herren? Rettung für Unjamwewe, oder meine Verachtung! Crusius war natürlich empört über diese weibliche Einmischung! Mein guter Mann verschluckte sich am Cognac — er war ihm zu stark — ich mußte ihm den Rücken klopfen, und inzwischen nutzte Graf Malte die Stimmung aus, um das Telegramm aufzusetzen: „Thun Sie, was Ihnen gut dünkt, aber vermeiden Sie nach Möglichkeit Geldopfer." — Und dann nahm ich ihm das Telegramm ab, lief an meinen Schreibtisch da und machte einen dicken Strich durch den ganzen Nachsatz — und so mußte es Friedrich zur Post tragen. Die Herren leiden alle mehr oder minder am Schüttelfrost seit vorgestern. Was haben Sie gesagt, wie Sie es kriegten? Haben Sie sich ein bißchen gefreut?

Ewert (rasch ihre beiden Hände ergreifend): Warum haben Sie das gethan?

Leonore (macht sich von ihm los, streicht sich mit der Hand über die Stirn): Können Sie mir noch einen Augenblick schenken? Ich bin so neugierig. Kommen Sie! (Setzt sich auf den Divan.)

Ewert (nimmt sich einen Stuhl, setzt sich zu ihr, beugt sich nahe an sie heran, leise): Warum haben Sie es gethan?

Leonore (faltet die Hände in ihrem Schooß, leidenschaftlich): Was ich einmal mit Leidenschaft ergriffen habe, das muß ich auch zu Ende führen! Ich hasse es, zurückzugehen. Darum habe ich es gethan.

Ewert (mit einem bewunderten Blick): Ach, Sie sind . . . .
(Um seine Aufregung zu bemeistern, drückt er nervös mit beiden Händen seinen weichen Reisehut zusammen.)

Leonore (den Hut mit dem Zeigefinger berührend): Was haben Sie für einen gräßlichen alten Hut?

Ewert: Oh bitte! Der Hut hat ganz Unjamwewe kreuz und quer bereist. (Reicht ihn ihr.)

Leonore (nimmt ihn und streichelt ihn): Ah, das ist was Anderes. Schönes Hütchen, braves Hütchen!

Ewert: Ja, mein braves Hütchen, wenn du demnächst wieder die Gefilde von Unjamwewe schauen darfst, so hast du dich bei der Dame da zu bedanken.

Leonore: Demnächst? Sie glauben?

Ewert: In etlichen Monaten hoffe ich unterwegs zu sein.

Leonore: Sie hoffen?

Ewert: Gewiß! Die Sache will's.

Leonore Oh! (Sie springt erregt auf, geht nach einem Fenster und spielt nervös mit der Gardinenschnur. Nach einer Pause:) Nicht wahr, Sie machen sich aus uns Allen nicht so viel? (Sie schnickt mit den Fingern.)

Ewert (geht ihr nach, lächelnd): Meine gnädige Frau! Ihnen verspreche ich eine Statue auf dem Hauptplatz der zukünftigen Hauptstadt von Unjamwewe.

Leonore (heftig): Halten Sie mich für ein dummes, kleines Mädchen, daß Sie mich mit solchen Ballscherzen abspeisen wollen? Ich wünschte, ich hätte mich in die ganze Geschichte nicht ein gemischt. Einen schönen Dank habe ich davon!

Ewert: Ich hoffe, gnädige Frau, Sie werden eines Tages noch sehr stolz auf ihr Telegramm sein.

Leonore: Ach, das sagen Sie jetzt so. Ich kenne Sie ja so gut: Dankbarkeit ist Ihnen in den Tod zuwider. — Sie hassen die Menschen, denen Sie sich verpflichtet fühlen.

Ewert: So? Wenn Sie mich so gut kennen — warum schickten Sie denn dann das Telegramm?

Leonore: Ach, Sie glauben wohl — Ihretwegen? Nein, nein, nein! Bitte, gehen Sie nur schleunigst wieder nach Unjamwewe zurück. Dort sind Sie mir lieber als hier.

Ewert: Haben Sie nicht einmal gesagt, Sie seien Republifanerin, Sie haßten die Tyrannen? Da draußen bin ich nämlich Tyrann.

Leonore: Hm! ja, theoretisch!

Ewert: Ah jo — das ist echt weiblich. Man sagt, die lebendigen Tyrannen hätten bei Frauen das meiste Glück. Ist das war, meine Gnädige?

Leonore: Ich weiß nicht. Möglich! Wir sind ja immer noch ein entartetes Geschlecht, mit allen Lastern des Sklaven= tums belastet. (Wirft sich in etwas foketter Stellung auf den Divan.)

Ewert: Hm! Das könnte wahr sein! (Kleine Pause.)

Leonore: Werden Sie noch sehr viel Geld brauchen?

Ewert: Ich denke nicht — das heißt: wenn ich Unjam= wewe glücklich besorgt und aufgehoben weiß, dann komme ich wieder und bitte um viel, viel Geld zu etwas Neuem.

Leonore: Nein, nein, nein, nein! Lieber nicht! Ich bleibe bei Unjamwewe. Ich habe das Reich doch mit aufbauen helfen, sehen Sie! Oh, ich bin doch stolz auf mein Telegramm, und ich bin verliebt in mein Unjamwewe! (Reicht ihm die Hand.) Gehen Sie jetzt, lassen Sie die Herren nicht länger warten.

Ewert (drückt ihre Hand an die Brust und küßt sie leidenschaftlich auf ihren Arm): Herrliches Weib!

Fröschl (tritt sehr eilig durch die Schiebethür in der Mitte herein und bemerkt eben noch, trotzdem Leonore und Ewert rasch auseinander fahren, die Situation; vorkommend): Entschuldige Se, gnädig' Frau, ich wollt' nur schaue, ob der Herr . . . Herr Doktor Ewert, Sie werde schon mit Un= geduld seit ener Schtund da drin erwartet.

Ewert (macht ein paar Schritte auf Fröschl zu, mißt ihn mit kaltem Blick und sagt dann, sehr von oben herab): Es ist gut! Gehen Sie nur, Sie brauchen mich nicht anzumelden, ich komme sofort. (Zu Leonore, sich kurz verbeugend.) Meine gnädige Frau, ich habe wohl noch das Vergnügen?

Leonore: Oh gewiß! Die Herren bleiben alle zum Abendbrot.

Ewert: Also auf Wiedersehen! (Rasch ab durch die Mitte.)

Leonore (nach einer kurzen Pause, da Fröschl sich nicht vom Platze rührt): Nun, wünschen Sie noch etwas, Herr Fröschl?

5*

Fröschl: Gnädig' Frau — ich kann mich net von dem Herrn Ewert wie so e Dienschtbot' behandle lasse.

Leonore: Sein Sie doch nicht so empfindlich!

Fröschl (einige Schritte näher tretend): Ich seh' mich überhaupt genötigt, Ihr Haus zu verlasse, gnädig' Frau.

Leonore: Was ist das? Ja — was wollen Sie denn, mein lieber Fröschl — haben Sie sich über irgend etwas zu beflagen?

Fröschl: Es scheint mir, ich hab' das Vertraue der Herrschaft verlore. Der Herr Konsul thut grad das Gegenteil von allem, was ich ihm rat', und die gnädig' Frau . . .

Leonore: Nun — was thut die gnädige Frau?

Fröschl (nahe zu ihr tretend, leise, aber energisch): Die gnädig' Frau thut, was sie net thun sollte, und was ich net länger still schweigend mit ansehn darf.

Leonore: Was fällt Ihnen denn ein? Sie sind ja unverschämt!

Fröschl: Ich hab' Ihr Brot gegesse, gnädig' Frau — aber da damit habe Se mir noch net mei' sittliche Überzeugung abgekauft.

Leonore: Ach, Sie sind ja . . . Werden Sie doch wieder Pastor!

Fröschl: Sie scheine eine sittliche Überzeugung allerdings für Luxus zu halte, gnädig' Frau!

Leonore: Sie werden mich nötigen, meinen Mann her beizurufen.

Fröschl: Und ich bin Ihnen die Wahrheit schuldig, grad' Ihnen, gnädig' Frau — weil ich Sie aufrichtiger verehrt hab' als je irgend eine Frau vorher.

Leonore (gezwungen lachend): Das ist köstlich, Sie sind eifersüchtig! Es scheint wirklich für eine Frau ganz unmöglich zu sein, einem Manne irgendwie freundlich entgegenzukommen, ohne daß der sich einbildet, dadurch ein gewisses Anrecht auf ihre Person zu gewinnen. Lächerlich! Es ist immer dieselbe Geschichte, gleichgiltig, ob sich die Magd gegen ihren Herrn oder die Herrin gegen ihren Bedienten freundlich erweist.

Fröschl (mit mühsam unterdrücktem Zorn): Ich bin aber net Ihr Bedienter, gnädig' Frau. Sie habe den große Geldsack und ich e ganz kleins Portemonnaiele, des ischt der einzige erhebliche Unterschied zwische uns, den ich anerkenne kann. Ihr Herr Gemahl hat sogar von meiner Intelligenz noch mit gezehrt — dafür hat er mich ja auch bezahlt. Aber wenn ich zu Ihrem Haus in ein intimeres, gemütliches Verhältnis getrete bin, so geschah das aus Liebe zu Ihren Kindern, aus lebhaftem Interesse für die politische Bedeutsamkeit der geschäftlichen Unternehmunge des Herrn Konsuls und aus reiner, uneigenütziger, persönlicher Verehrung für Sie, gnädig' Frau.

Leonore (ungeduldig): Wozu soll das alles?

Fröschl: Ich möcht Ihne nur klar mache, daß ich net in Hunde- oder Bediententreue an Ihrem Haus häng', und eben darum kann ich net ruhig zuschaue, wenn Ihr Herr Gemahl sein' Verstand und Sie Ihr Gefühl von so eine abenteuerliche ...

Leonore: Schweigen Sie! Ich werde es nicht dulden, daß Sie einen Mann von der Bedeutung Doktor Ewert's beschimpfen.

Fröschl: Schön, Sie verbiete mir den Mund, gnädig' Frau. Ich kann mich aber noch auf andere Weis vernehmlich mache: die Artikel in der „Nation" sind von mir — und die habe, Gottlob, ihren Eindruck net verfehlt.

Leonore: Sie sind der berühmte Freimund Warner?! Ah — für so hinterlistig hätte ich Sie wenigstens nicht gehalten!

Fröschl: Ich hab' nur die reine Wahrheit g'schriebe. Es steht wissenschaftlich fescht, daß ein Vorkomme von Gold geologisch ausg'schlosse ischt. Eine Ausnützung des Bodens macht der Mangel an Arbeitskräften unmöglich, und das Klima ischt für Europäer im höchsten Grade unzuträglich.

Leonore: Ach, lassen Sie doch recht bald wissenschaftlich feststelle, wo für Sie das zuträglichste Klima vorhanden ist!

Fröschl: Schön, gnädig' Frau. Ich werde dem Herrn Konsul sofort mein Abschiedsgesuch unterbreite.

Eva (kommt durch die Thür rechts hinten herein, läuft auf Fröschl zu): Da bist du ja, Onkel Fritzle! Ich suche dich überall.

Leonore: Was willst du, Kind? Warum bist du noch nicht zu Bett?

Eva: Onkel Fritzle soll mir meine deutsche Aufgabe über hören. Die Mademoiselle ist ja so dumm! Kommst du, Onkel Fritzle?

Fröschl (hebt Eva auf, drückt sie an sich und küßt sie, sehr bewegt): Mein Kindele, mein liebsch, einzigsch Kindele, ich darf net, ich kann nimmermehr zu Euch komme.

Eva (sehr aufgeregt sich an Fröschl klammernd): Mama! was hast du Onkel Fritzle gethan?

Leonore (ergreift Eva beim Arm und will sie fortziehen): Komm! In's Bett mit dir, naseweises Ding!

Eva (mit den Füßen aufstampfend): Ich will nicht! Ich will nicht! Ich laß dich nicht fort, Onkel Fritzle!

Melanie (tritt rasch aus dem Eßzimmer): Was giebt es denn hier? Aber Eva! schämst du dich nicht?

Eva (läuft aufbeulend zu ihr): Tante Melanie! Du mußt uns helfen! Mama will Herrn Fröschl fortschicken!

Melanie: Aber Leonore!

Gerth (tritt herein durch die Mittelthür, die er rasch wieder hinter sich schließt): Was ist denn das für ein Geschrei hier? Eva, wirst du still sein! Ich verbitte mir das! Was hat das Kind überhaupt hier zu suchen? Ich habe doch gesagt, daß wir da drin nicht gestört sein wollen! — Wer hat denn überhaupt die sämtlichen Flammen angesteckt? Ich habe doch ausdrücklich befohlen, daß gespart werden soll, bis wir zum Essen hereinkommen.

Leonore (ironisch): Sonst hast du keine Wünsche mehr?

Eva: Papa! Herr Fröschl soll aus dem Hause! Sag' du doch Mama, daß sie Onkel Fritzle nicht fortschicken darf!

Gerth: Was soll denn das heißen? (zu Leonore) Hör' mal, mein Engel! Du gewöhnst dir das jetzt so an, über meinen Kopf weg Dispositionen zu treffen — ich kann das...

Fröschl: Herr Konsul, Ihre Frau Gemahlin hat ganz Recht. Es ist mir unmöglich gemacht, unter den obwaltenden Verhältnissen länger in Ihren Diensten zu bleiben.

Gerth: Herrgott! Das ist ja wirklich um verrückt zu werden! Was sollen denn jetzt wieder für Verhältnisse obwalten?

Leonore (läßt ironisch).

Melanie (versucht, die sich sträubende Eva mit sich zu ziehen): Komm jetzt, Kind! Sei artig! Ich bring' dich zu Bett!

Eva: Nein, ich geh nicht! Erst soll Papa sagen, daß Onkel Fritzle nicht fort darf!

Leonore (zu Gerth): Onkel Fritzle hat sich nämlich in weiteren Kreisen unter dem Namen Freimund Warner bekannt gemacht. Jetzt wirst du vielleicht begreifen!

Gerth: Was?! — Sie haben die Artikel gegen uns geschrieben?

Fröschl: Jawohl, Herr Konsul! Da hier im Hause der allgewaltige Herr Ewert allein herrscht und Sie alle nach seiner Pfeif' tanze, so wußt' ich mir halt kein' andere Rat, meine Über= zeugung zur Geltung zu bringe.

Leonore: Nun, was sagst du dazu, mein Freund? Willst du nicht vielleicht dem edlen Warner dankbar und gerührt um den Hals fallen?

Gerth: Erlauben Sie mal! Wie können Sie behaupten, Fröschl, daß wir dem Ewert nach der Pfeife tanzen? Fällt uns doch gar nicht im Traume ein!

Eva: Doch, Papa! Gerade ist's wahr! Mama thut alles, was er will. Er braucht sie bloß so anzusehen, dann thut sie schon alles. Mama hat uns gar nicht mehr lieb, seit der Mann zu uns gekommen ist! Dich auch nicht, Papa!

Leonore (auf Eva zu, erhebt die Hand, um sie zu schlagen): Du nichtsnutziges Ding, du!

Melanie (fällt ihr in den Arm): Schlage sie nicht. (Leise.) Um Gottes willen, nimm dich zusammen! Ich bringe sie zu Bett. (Zieht Eva mit sich fort.)

Eva (im Abgehen, leidenschaftlich, mit geballten Fäusten): Ich hasse ihn! — ich hasse ihn! — ich hasse ihn! (Beide ab rechts hinten.)

Gerth (steht ganz verstört da, sich mit den Händen an die Lehne eines Sessels anklammernd, wagt seine Frau nicht anzusehen; befangene Pause; dann sagt er mühsam): Das Kind ist so nervös erregt — muß früher zu Bette gehen. Wir müßten wohl den Arzt mal fragen.

Fröschl: Ich kann wohl jetzt gehen, Herr Konsul?

Gerth: Aber mein lieber Fröschl, bleiben Sie doch da! Es könnte ja auffallen, wenn Sie jetzt plötzlich vermißt werden.

Wir reden morgen über die Sache weiter, nicht wahr? Wir werden uns schon verständigen!

Leonore: So? Nun, dann erkläre ich dir hiermit: wenn Herr Fröschl bleibt, dann gehe ich!

Gerth (nach einer kleinen Pause wütend ausbrechend): Und ich erkläre hiermit aller Welt meinen Rücktritt von der verdammten Gesellschaft! Ich will nichts mehr damit zu thun haben, hörst du? Ich will mich nicht lächerlich machen.

Fröschl: Herr Konsul! Ich werde mir erlaube, Sie morgen Vormittag im Bureau aufzusuche. Ich empfehle mich! (Ab rechts hinten.)

Gerth (tritt, sobald Fröschl hinaus ist, mit ein paar raschen Schritten zu seiner Frau): Oh! Du! ...

Leonore (kalt): Nun?

Gerth (verbeißt mühsam seinen Grimm, geht ein paar Schritte mit den Händen in den Hosentaschen hin und her, tritt dann vor den Spiegel, zupft sich die Krawatte zurecht, fährt sich glättend mit der Hand über den Scheitel und sagt endlich): Ist da drin alles besorgt? Können wir essen?

Leonore: Jawohl, es ist alles fertig! Der Sekt steht seit einer halben Stunde kalt.

Gerth: Ist das Fäßchen Pschorrbräu gekommen?

Leonore: Gewiß! Der Mann hat gleich den Zapfen ausgeschlagen.

Gerth: Na — dann könnten wir ja loslegen, das heißt: wenn du in der Lage bist, den Herren ein liebenswürdiges Gesicht zu zeigen.

Leonore: Sei unbesorgt deswegen! Ich werde meine Pflicht thun wie immer!

Gerth (wendet sich rasch um, sieht sie fragend an, macht zögernd einige Schritte auf sie zu und sagt mit bebender Stimme): Leuchen! Sage mir ein Wort: Hast du deine Pflichten ...

Leonore: Was fällt dir denn ein! Ich dächte, du hättest dich jetzt bald genug blamiert im Reichstag vor den Herren deiner Gesellschaft — vor aller Welt überhaupt! Wenn du dich bis heute trotz deiner ewig schwankenden Haltung noch nicht unmöglich gemacht hast, so verdankst du das ganz allein mir. Ich werde auch ferner für dich handeln, denn ich möchte nicht, daß du lächerlich wirst.

Gerth: Lächerlich? So — ich bin lächerlich? Oho, ich werde dir zeigen . . . Du hast in ganz frivoler Weise über mein Geld verfügt. Aber das sage ich dir: wenn du eben so frivol mit meiner Ehre als Mann und Gatte umspringst, dann . . . Was willst du thun?

Leonore (ist nach der Mittelthür gelaufen, die sie weit auseinander schiebt, und ruft in's Studierzimmer hinein): Entschuldigen Sie, wenn ich störe, meine Herren! Darf ich Sie zu einem kleinen Imbiß einladen? Sie werden nach Ihrer anstrengenden Sitzung eine Erfrischung nötig haben!

(Man hört im Hinterzimmer das Stühlerücken, sieht die Herren vom Tisch aufstehen und hört durcheinander sprechen.)

Crusius (ein vornehm aussehender, alter Herr mit schneeweißem Ketelettenbart, strenges, sarkastisches Gesicht, tritt zuerst heraus, reicht Leonore die Hand): Ah! unsere schöne Frau Wirtin! Sie kommen zur rechten Zeit, meine gnädige Frau. Wir haben in der That eine Stärkung nötig, nach dem Blutverlust, den wir eben erlitten haben.

Graf Malte (hinter Crusius in's Zimmer tretend, lachend): Ja wohl, die Herren Engländer haben uns um fünfzigtausend Pfund erleichtert.

Crusius (auf Gerth zuschreitend): Ja ja — die Capricen einer schönen Dame sind manchmal sehr teuer. Mein lieber Konsul, Sie als glücklicher Gatte dürfen aber kein solches Gesicht dazu machen. Sie haben ja vor uns allen den Vorzug, den holden Lohn auch einzustreichen. Sie Beneidenswerter!

Leonore: Sie überschätzen mich, Herr Kommerzienrat!

Crusius: Unmöglich, meine Gnädigste, ganz unmöglich!

Ewert (sich vor Leonore verbeugend): Ich kann dem geehrten Herrn Vorredner nur zustimmen!

Engel (Ewert auf die Schulter klopfend): Na — wissen Sie, Ewert, Sie haben auch alle Ursache, der gnädigen Frau dankbar zu sein!

Ewert (sich rasch zu ihm umwendend und ihm die Hand reichend): Ah, Herr Engel! Pardon, ich hatte noch gar nicht Gelegenheit, Sie zu begrüßen. Wie geht es Ihnen?

Engel: Danke! So weit ganz gut. Nur ein bißchen Unsamwehweh im Magen!

Rügheimer: Sie, den Witz habe ich schon vor acht Tagen auf der Börse gehört.

Engel: Thut mir leid! Neue Witze kann ich mir bei den schlechten Zeiten nicht leisten. Nehmen Sie Unjamwewe?

Rügheimer: Ne!

Engel: Na erlauben Sie mal! Große nationale Sache — verdient wird natürlich niicht! Darf ich Ihnen 10 000 gut schreiben?

Rügheimer: Um Gottes willen! Sie halten mich wohl für einen Kapitalisten?

Engel: Sie sollen ja uns auch gut schreiben! Lassen Sie man — wir verrechnen das schon.

Die Herren sind nach und nach sämtlich in's Eßzimmer getreten, desgleichen Leonore am Arm von Crusius. Man hört drin Tellergeklapper und lebhaftes Gespräch. Melanie tritt von rechts hinten auf, gleichzeitig kommt Gerth aus dem Eßzimmer.

Gerth: Da bist du ja! Kümmere dich mal ein bißchen um die Gäste! Wo steckt denn Friedrich?

Melanie: Ich weiß nicht. Ist er nicht drin?

Gerth: Was ist denn mit dir? Du hast ja geweint!

Melanie: Ach nichts! (Geht nach der Thür hinten und drückt auf einen Klingelknopf.)

Gerth (sie anhaltend, als sie zurückkehrt): Sag' mal! Was ist denn das mit dem Kinde? Hast du auch was bemerkt?

Melanie (rasch und leise): Hast du nichts bemerkt? Dann bist du der einzige im ganzen Hause. Mich will sie ja auch fortschicken — überhaupt jeden, der sie geniert!

Gerth: Mein Gott, mein Gott! Ist es so weit gekommen! (Er läßt sich auf einen Sessel fallen und verbirgt das Gesicht in den Händen.)

Melanie: Nimm dich doch zusammen!

Gerth: Glaubst du, daß es schon — zu spät ist?

Melanie: Nein, nein! Das glaube ich nicht. Das wäre ja — Nein, das traue ich Leonore nicht zu. Suche dich nur von Ewert loszumachen, dann kann alles noch gut werden. (Rasch ab in's Zimmer.)

Friedrich (tritt hinten herein, kommt nach vorn und bemerkt den Konsul): Herr Konsul befehlen?

Gerth: Was wollen Sie denn?} Ach so — ja! Wo stecken Sie denn? Sie sollen den Herrschaften präsentieren, Bier, Sekt!

Friedrich: Zu Befehl, Herr Konsul! (Ab ins Eßzimmer.)

Leonore (aus dem Eßzimmer): Wo bleibst du denn? Du kannst doch jetzt nicht davonlaufen!

Gerth: Jawohl, ich — ich komme schon. Ich — ich werde ein Ende machen! (Er erhebt sich mühsam, giebt sich einen Ruck und eilt dann rasch ins Eßzimmer.)

Leonore (allein, tritt vor den Spiegel am Kamin, schaut hinein und breitet mit einem triumphierenden Lächeln die Arme aus: leise vor sich hin:) Ich auch.

(Ewert kommt mit Graf Malte aus dem Eßzimmer, beide kauend.)

Ewert (mit den Augen herum suchend): Ich muß es hier irgend= wo liegen gelassen haben.

Graf Malte: Ist mein Neffe nur des Telegrammes wegen hierher gekommen? Das wäre doch sonderbar.

Ewert: Nein, er wollte Abschied nehmen. Wir haben uns übrigens bei dieser Gelegenheit über einen gewissen Punkt .. (Bemerkt das Telegramm auf dem kleinen Tischchen am Divan.) Ah, da ist es ja. (Übergiebt es dem Grafen Malte.)

Graf Malte (im Abgehen es erbrechend): Was kann denn das so Wichtiges sein? (Ab ins Eßzimmer.)

Ewert (im Vorbeigehen zu Leonore): Gnädige Frau, ziehen Sie vielleicht vor, hier zu speisen? Darf ich mir erlauben, Sie zu bedienen?

Leonore (ergreift ihn am Arme und flüstert ihm leidenschaftlich zu): Ich ertrage es nicht länger! Ich ersticke hier — führen Sie mich fort von hier!

Ewert: Um Gottes willen, was ist denn geschehen?

Leonore: Mein Mann weiß alles.

Ewert: Ja, was heißt denn das? Was dürfte er denn nicht wissen?

Aus dem Eßzimmer hört man Graf Maltes Stimme, der das Tele=
gramm vorliest. Gleich darauf reden alle aufgeregt durcheinander.

Leonore (währenddessen): Ich muß Sie heute noch sprechen,
unbedingt!

Graf Malte (aus dem Eßzimmer): Ewert! Ja, wo bleiben
Sie denn? Haben Sie das gehört?

Crusius (rasch aus dem Eßzimmer tretend): Der Herr Doktor
Ewert hält sich wieder an die gnädige Frau. Ich fürchte, dies=
mal wird sie ihm auch nicht helfen können.

Gerth (folgt Crusius auf dem Fuße, noch eilig kauend, einen Teller mit
kalten Speisen in der Hand): Was ist mit meiner Frau? Ach, Herr
Doktor Ewert, so — da sind Sie? Na, natürlich! Sie geht
ja die ganze Geschichte nichts mehr an! Macht Ihnen keinen
Spaß mehr, was? Denken Sie, meine Herren, was ich eben
erfahren habe: eine halbe Stunde ausgerechnet war der Herr
Doktor Ewert schon hier und unterhielt sich ganz gemütlich mit
unseren Damen und ließ uns inzwischen zappeln.

Graf Malte: Ach, lassen Sie das doch jetzt. (Zu Ewert:)
Es ist viel wichtiger, daß wir erfahren, wie Sie zu diesem
neuesten Unglücksfall Stellung zu nehmen gedenken?

Ewert: Unglücksfall? Ja, meine Herren, ich weiß ja
immer noch nicht . . .

Engel (der mit Rügheimer inzwischen auch hereingetreten ist, eifrig vom
Teller essend: Unsamwewe geht flöten — alles geht flöten. —
Ach, du unglückseliges Flötenspiel, das mir nie hätte einfallen
sollen.

Rügheimer: Jawohl, das débacle bricht herein! Jetzt
kann ich mich auf einen Nekrolog präparieren für unsere schöne
Unsamwewe Gesellschaft.

Friedrich tritt mit einem Tablet herein, worauf Gläser mit Bier und
Sekt stehen.

Gerth (wütend zu Friedrich): Was wollen Sie denn hier?
Machen Sie, daß Sie fortkommen!

Engel: Ne, ne, bleiben Sie man da, lieber Mann. Geben
Sie mir ein Glas Sekt. Wer weiß, wie lange es noch dauert!
(Nimmt ein Glas.)

Friedrich (bleibt im Hintergrunde stehen).

Ewert (zu Graf Malte): Wollen Sie mir nicht sagen, worum es sich handelt?

Graf Malte (indem er ihm das Telegramm reicht): Hier, Telegramm von unserm Agenten aus Sansibar: „Missionare Anderten und Pater Eusebius bei Uguru in Unjamwewe ermordet."

Ewert (nimmt ruhig das Telegramm und schaut nachdenklich hinein.)

Gerth: Na —? Jetzt ist Ihnen wohl Ihr Latein aus gegangen? (Zur Gesellschaft:) Der Herr Doktor hat nämlich vor Jahren meiner Frau Latein beigebracht.

Engel (leise, indem er Rüßheimer in die Seite stößt): Au weh!

Leonore (indem sie sich rasch setzt und zu Ewert aufblickt): Sprechen Sie doch.

Ewert: Ja, meine Herren, was wollen Sie denn? Das ist ja eine ausgezeichnete Nachricht! Etwas Besseres konnte uns ja gar nicht passieren in unserer gegenwärtigen Lage.

(Allgemeine Sensation. Unwillige Ausrufe.)

Crusius: Nehmen Sie es mir nicht übel, Herr Doktor, das ist denn doch eine Frivolität, mit der Sie sich schwerlich Sympathien erwerben werden.

Engel: Es scheint, Ihre Sympathien sind bei den Kannibalen. Ich hole mir noch 'ne Portion Hummermayonnaise, wenn Sie erlauben. Kalten Missionar vertrage ich nicht.

Gerth (wütend): Machen Sie keine schlechten Witze, Engel!

Graf Malte (zu Ewert): Ich muß gestehen, ich begreife auch nicht . . .

Gerth: Herrgott, der Sturm im Reichstag!

Ewert: Eben darum, meine Herrschaften! Der Sturm hat uns nur gefehlt. Ich begreife nicht, wie Sie mich frivol schelten können! Die Herren Anderten und Pater Eusebius sind für eine gute Sache gestorben. Ich hege die größte Verehrung für diese Helden des Glaubens. Friede ihrer Asche, Ehre ihrem Andenken! Aber jetzt, meine Herrschaften, haben wir einzutreten für die Sache der Menschlichkeit und für die Sache der Religion. Jetzt schreiben wir als Bürger eines christlichen Staates: „Rache für unschuldig vergossenes Blut!" auf unsere Fahnen. Sie wissen doch, wie glücklich der Deutsche ist, wenn er eine Fahne hochzuhalten kriegt. Jetzt predigen wir den heiligen Kreuzzug.

Die Opposition mag schreien so viel sie will, jetzt muß uns die Regierung kommen. Ist das etwa nicht logisch?

Rügheimer: Jawohl, es ist einfach ein casus belli.

Ewert (lächelt): Ha, der alte Soldat regt sich in Ihnen.

Rügheimer: Donnerwetter! Ja, ich hätte wirklich Lust, die Schreiberei hier aufzugeben, meinen Degen schleifen und die schwarzen Kerle über die Klinge springen zu lassen.

Ewert: So ist's recht. Nutzen Sie die Stimmung aus, Herr Rügheimer. Lassen Sie Ihre gewandte Feder nach Blut schreien. Meine Herren, wir müssen sofort die Presse bearbeiten, Sturm läuten im ganzen Lande, eine Eingabe an das Ministerium des Äußern ansetzen — wir müssen den Schrei der gerechten Entrüstung aus dem Volke hervorlocken wie den Funken aus dem Stein.

Graf Malte: Sie haben Recht, Sie haben entschieden Recht. Kommen Sie, meine Herren, machen wir uns sofort an die Arbeit. (Geht nach dem Studierzimmer voran.)

Crusius (sich ihm anschließend): Scharf und schneidig, das muß man ihm lassen! Ich bin allerdings nicht so sanguinisch.

Engel: Ich werde mich mal telephonisch entrüsten. Den Effekt soll'n Sie mal sehen, Donnerwetter! Herr Konsul, ich kann wohl mal Ihren Apparat benutzen? (Ab in's Studierzimmer)

Gerth (ungeduldig zu Ewert, der immer noch in der Nähe des Kamins steht und der bewundernd zu ihm anschauenden Leonore lächelnd in's Auge sieht): Na — kommen Sie nicht, Herr Doktor?

Ewert: Ach, Herr Rügheimer macht das ja viel besser als ich.

Rügheimer: Sehr liebenswürdig! (Ab in's Studierzimmer.)

Ewert: Ich muß gestehen, ich habe einen kolossalen Hunger von der Reise mitgebracht. Wenn Sie erlauben, stärke ich mich erst noch ein wenig.

Leonore (zustimmend und nach der Speisezimmerthür vorangehend): Oh, Herr Doktor, ich bitte!

Gerth: Ja aber natürlich; ich will Ihnen gleich etwas Gutes . . .

Leonore: Bemühe dich doch nicht, das werde ich schon

besorgen. Entziehe dich den Herren nicht — sie brauchen doch deinen Rat.

Gerth: So, glaubst du? Ja natürlich. Das heißt ...
(Zu Friedrich, im Hintergrunde.) Friedrich, bedienen Sie den Herrn Doktor. (Leise.) Bieten Sie fleißig zu trinken an — sehr fleißig, hören Sie? — mindestens alle fünf Minuten.

Friedrich: Sehr wohl, Herr Konsul.

Gerth (Ewert zuwinkend): Also — Mahlzeit! Aber beeilen Sie sich. (Ab in's Studierzimmer.)

Leonore: Friedrich, wo ist denn meine Schwester?

Friedrich: Gnädiges Fräulein haben sich zurückgezogen. Gnädiges Fräulein sind nicht ganz wohl.

Leonore: Oh! Gehen Sie, melden Sie ihr, ich käme gleich, mich nach ihr umzusehen.

Friedrich: Sehr wohl, gnädige Frau. (Ab durch das Eßzimmer.)

Ewert (sobald Friedrich hinaus ist, ihn nachahmend): Sehr wohl, gnädige Frau!

Leonore (lacht ausgelassen, aber leise): O diese Menschen — o diese lächerlichen Puppen, die sich Männer nennen!

Ewert: O bitte — mit Ausnahmen gnädige Frau.

Leonore: Ich kenne nur eine Ausnahme. — Ach, wie haben Sie Recht gehabt damals! Wie haben Sie ihn durchschaut! Neun Jahre hab' ich's ertragen, mich als Folie für seine kleinliche Eitelkeit herzugeben und so zu thun, als ob ich seine einfältige Großmannssucht nicht durchschaute. Sie hatten es mir ja alles vorhergesagt — und das hat mich jeden Tag meines elenden Lebens an Sie erinnert. Wissen Sie, daß ich Sie schon damals bewunderte, bloß wegen Ihrer Kühnheit, um mich zu werben? Und ich wollte mir einbilden, daß ich Sie haßte! Den anmaßenden, rücksichtslosen Menschen ... Hahahaha! Was sind wir für erbärmliche Narren!

Ewert: Oh du wundervolles Weib! Ich bete dich an!

Leonore (mit einem unterdrückten Aufjauchzen ihre Arme ausbreitend): Ach! endlich, endlich!

Ewert (ergreift ihre beiden Hände und drückt sie auf den Divan nieder): Nicht hier! Ich bitte dich!

Leonore: Ach, laß sie es sehen, laß sie es alle wissen! Das ist mir ja so gleichgiltig! Ich möchte es ihnen allen in's Gesicht schreien, ich möchte es zum Fenster hinausjubeln: daß ich dich liebe!

Ewert: Mach mich nicht toll, Weib! Was willst du von mir?

Leonore: Nimm mich mit, nimm mich mit!

Ewert: Nach Afrika? Daß du mir dort schwarz brennst, nicht wahr, du Süße!

Leonore: Dann bin ich deine schwarze Königin, mein König!

Ewert: Und wenn du mir untreu wirst, laß ich dich ein sach hinrichten.

Leonore: Darauf wag' ich's, mein Tyrann. (küßt ihm lachend die Hand.)

Ewert: Pfui, Königin — ein Handkuß!

Leonore: Was sonst?

(Ewert will sie küssen, fährt aber rasch zurück, als Friedrich von hinten rechts eintritt.)

Friedrich: Der Mohr vom Herrn Doktor ist da.

Ewert: A! Er soll sich . . .

Leonore: Er soll hereinkommen.

Friedrich läßt Hatim eintreten und geht ab.

Hatim (tritt rasch ein, freudig grinsend auf Ewert zu): Sabalkheiri, bana. Jambo?

Ewert: Danke, mein Sohn, ausgezeichnet geht's mir. Was bringst du denn? Hast du dich nur nach mir gebangt?

Hatim (übergiebt ihm ein rosa Briefchen): Bring ich kleine Brief. Soll ich böne grüße.

Ewert (leise): Schafskopf! (Steckt den Brief ein.)

Leonore: Ei schau — ein Liebesbrief? Von einem kleinen Mädchen.

Ewert: Ach — das ist nur . . .

Hatim (zu Leonore, vertraulich): Is kleine Brief von unse liebe Frau.

Ewert: Mach, daß du fortkommst, du Nilpferd! Haya, haya! (Drohend auf ihn zu.)

Hatim (sich erschrocken zurückziehend): Ewallah bana!

Leonore: Laß dir draußen was gutes zu essen und zu trinken geben, Hatim.

Hatim (streicht sich grinsend den Magen): Ah — gutt für Hatim. Salaam! (Mit Verbeugung ab hinten.)

(Kleine Pause.)

Leonore: Wollen Sie ihr billet-doux nicht lesen, Herr Doktor?

Ewert: Oh das hat Zeit.

Leonore (neckend): Sie sind also verheiratet, mein Herr?

Ewert: Ich denke nicht daran — wieso?

Leonore: Hatim sprach doch von einer lieben Frau.

Ewert: Er drückt sich eben noch ungeschickt aus.

Leonore (tritt zu ihm, zärtlich neckend): Du Muselman du, weißt du, daß mir das auch gleichgiltig wäre? Was gehen mich deine alten Flammen an! Ich bin stolz genug, um anzunehmen, daß ich die früheren nicht zu fürchten habe.

Ewert: (lächelnd, doppelsinnig): Nein, Sie haben nichts zu fürchten, gnädige Frau.

Friedrich (tritt mit dem Präsentierbrett herein und bietet Ewert an.

Leonore: Ja, was wollen Sie denn? Wer hat Sie denn gerufen?

Friedrich: Es sind fünf Minuten um — Herr Konsul haben befohlen, alle fünf Minuten.

Ewert (lacht und nimmt ein Glas Bier): Also geben Sie her.

Leonore: (verbeißt sich das Lachen und nimmt ein Glas Sekt): Mir auch, bitte.

Friedrich (würdevoll ab).

Ewert und Leonore (schauen ihm nach und platzen gleichzeitig lachend heraus, sobald er über die Schwelle ist).

Ewert: Also unter Kontrole? Eine geniale Idee!

Leonore: Jetzt haben wir wieder fünf Minuten Zeit. Was fangen wir da an?

Ewert: Essen, süße Frau — ich habe einen Wolfs=
hunger.

Leonore: Sie sind gräßlich!

Ewert: (will ihr zutrinken): Was, wir lieben!

Leonore: Nein, da bin ich in zu großer Gesellschaft,
fürchte ich. (Dicht bei ihm, leidenschaftlich) Es lebe die Rücksichts=
losigkeit!

Ewert: Es lebe die Rücksichtslosigkeit! (Stößt mit ihr an):
Bier und Sekt — schade! Es klingt nicht zusammen.

Während sie die Gläser zum Munde führen, fällt rasch der Vorhang.

Vierter Aufzug.

Wohnzimmer bei Doktor Ewert. Kurze Dekoration. Rechts zwei Fenster dazwischen ein einfacher Schreibtisch mit Papieren, Büchern und Karten unordentlich bedeckt. Ausgangsthür in der Mitte der Hinterwand. Rechts und links davon große Schränke, einer mit Kleidern, der andere, mit Glasthür, mit Jagdgewehren und anderen Waffen gefüllt. Links kleine Thür nach dem Schlafzimmer, vorne weißer Kachel=Ofen. In der Nähe des Ofens, schräg in's Zimmer hinein ein altes Schlafsofa mit seltenen Teppichen, Fellen und Kissen bedeckt. Daneben ein Tisch, auf dem Rauch= Utensilien, Bücher, ein afrikanischer Dolch und ein Revolver bunt durch= einander liegen. Die mannigfachsten afrikanischen Gegenstände, Trommeln, hölzerne Sitze, Matten, Tierfelle, Waffen, ausgestopfte Vögel 2c. 2c. an den Wänden und sonst überall zerstreut. Der Gesamteindruck der eines gewöhnlich möblierten Zimmers, welches nur zum vorübergehenden Aufent= halt ohne Sorgfalt ungefähr nach dem Geschmack des Bewohners notdürftig hergerichtet wurde. Helle Morgensonne.

Hatim sitzt auf einen kleinen Hoker (Negerarbeit) am Ofen und übt auf einer Ziehharmonika die Melodie: „Deutschland, Deutschland über alles" (Gott erhalte Franz den Kaiser) ein. Brummt dazu mit geschlossenen Zähnen.

Ewert (steckt nach einiger Zeit den Kopf durch die Thüre links): Hodi, Hatim!

Hatim (springt auf): Karibu bana! Sabalkheiri! Jambo?
(Tritt ein, Herr! Guten Tag! Wie geht's?)

Ewert (kommt herein in langem, orientalischem Schlafrock, Fez und Pantoffeln, unfrisiert): 'n Morgen Hatim! Wie's mir geht? Kama lulu — wie eine Perle! (Auf die Harmonika deutend.) Na siehst du! Das macht sich ja schon ganz gut. Bring mir das Badewasser, verstanden? Und dann den Kaffee — es ist schon halb elf Uhr!

Hatim: Ewallah — zu Befehl! (Legt die Harmonika auf den Hocker, will abgehen.)

Ewert: Briefe gekommen?

Hatim: Ja, zu Befehl! Schöne Brief — riech' schön! (Weist nach dem Schreibtisch.)

6*

Ewert! Ach, Luarfo! Jemand dagewesen?

Hatim: Nein bana.

Ewert: Gut — abschwirren — fix! (Hatim ab durch die Mitte.)

Ewert (allein, geht nach dem vorderen Fenster, öffnet es, atmet behaglich die frische Luft ein, dehnt sich, gähnt und singt):

Unjammerwe über alles,
Deutschland über'm Ozean —
Deutschland, Deutschland, ach, bezahl es!
Schenk' mir einen großen Kahn,
Pump' mir Geld und Bataillone,
Bau mir eine Eisenbahn —
Traue deinem treuen Sohne,
Deutschland über'm Ozean!

(Während des Singens tritt er an den Schreibtisch, mustert die dort liegenden Briefe und öffnet einen davon, in kokettem Format, mit dem afrikanischen Dolch. Liest einige Zeilen und ruft zornig): Da soll doch ein heiliges Kreuz .... Das Frauenzimmer ist ja toll geworden! (Liest zu Ende und lacht höhnisch auf.) Ja, da kann ich dir nicht helfen, mein Engel! Schwamm drüber! — Schluß! — Aus! — Pah! Ich werde den Teufel thun!

(Man hört aus dem Schlafzimmer durch die offene Thür Geräusch vom Nieder-setzen eines blechernen Eimers.)

Hatim (von drinnen): Bad is fertig!

Ewert (wirft den offenen Brief auf den Schreibtisch und geht nach dem Schlafzimmer): Gut, ich komme. Kannst mir den Eimer über den Kopf gießen. Mir ist noch etwas dumpf im Schädel von der Nachtfahrt! (Von drinnen.) Mach's Fenster zu und laß die Thüre offen, drinnen ist's warm.

Hatim (kommt heraus, grinsend): Ja schöne warme! Sonne scheine. (Er schließt das Fenster und kehrt darauf wieder in's Schlafzimmer zurück.)

(Man hört gleich darauf das Rauschen des Wassers, indem angenommen wird, daß Hatim den Eimer seinem Herrn über den Kopf gießt in eine Sitzbadewanne. Ewert stößt einen kurzen Schrei aus vor Schreck über das kalte Wasser, macht Brr! und plätschert dann noch kurze Zeit herum.)

Hatim: Hu! kalt! Hatim das nix lieb!

Ewert: Das glaub ich dir, mein Sohn. Du bist ein ge-segnetes Ferkel! Na, paß dich hinaus, sperr' deinen Schnabel auf und laß dir die Sonne in deine schwarze Seele scheinen.

(Von draußen ertönt die Essenglocke. Kleine Pause.)

Hatim (läßt Kathi durch die Mittelthür eintreten. In die offene Seiten=thür hinein): Bana, bana! is gekomme unser liebe Frau!

Ewert (steckt den Kopf durch die Thürspalte): Tag Liebchen! Das ist schön von dir! Entschuldige mich nur einen Augenblick. In zwei Minuten bin ich fertig!

Kathi: Oh geniere dich nicht meinethalben!

Ewert: Doch! Gerade! Eine Frau darf den Liebsten nie im Negligé sehen — das verdirbt den Respekt.

Kathi (matt lächelnd): Ach so — den Respekt!

Ewert (lachend): Gewiß, verlaß dich darauf! Auch im heiligen Ehestande muß das Toilettengeheimniß bewahrt bleiben. Hatim, du schwarzer Esel, jetzt unterhalte mir die liebe Frau gut, verstanden? (Schließt die Thür.)

(Hatim betrachtet wohlgefällig grinsend Kathi, und lacht dumm.)

Kathi: Komm' ich dir so komisch vor?

Hatim: Is schöne Wetter drauße, scheinte Sonne warme!

Kathi (lächelnd): No siehst! Du bist ja schon ganz ge=bildet — so fangt man bei uns auch die Unterhaltung an. Warm ist's hier herinn'; ich möchte ablegen! (Legt Hut, Jaquet und Muff ab.)

Hatim (nimmt ihr die Sachen ab, legt sie auf einen Stuhl, nahe der Thür): Hol ich Kawee! Trinke liebe Frau auf Kawee? gutte Kawee, heiße!

Kathi: Nein, ich danke dir mein Guter. Ich habe schon gefrühstückt, es ist ja bald elf Uhr. Der Bana war die Nacht fort?

Hatim: Ja, gestern Eisebahne.

Kathi: So so! Na — besorge du nur das Frühstück!

Hatim: Liebe Frau nix lustig sein — liebe Frau hab huuuh! (Ahmt das Weinen nach.)

Kathi: Ach geh doch! Was denn? (Winkt ihm mit der Hand ab.)

Hatim (ab durch die Mitte).

Kathi: (allein, geht an's Fenster, zieht dabei ihr Taschentuch und wischt sich über die Augen. Im Nebenzimmer hört man Ewert allerlei abgerissene Melodien singen und pfeifen. Kathi seufzt tief auf und läßt sich auf den Stuhl am Schreib=

tisch nieder. Sie wird den offenen Brief gewahr, ergreift ihn mit zitternden Händen und einem unterdrücktem Aufschrei und ließt ihn mit sichtlicher Aufregung. Sie stöhnt während der Lektüre mehrmals schmerzlich auf. Als sie geendet ringt sie die Hände und murmelt vor sich hin): Oh mein Gott!

Hatim (kommt mit Kaffeegeschirr durch die Mitte): So — bring ich gutte Kawee! (Er wirft die Gegenstände von dem Tisch am Sofa herunter und stellt das Geschirr darauf. Dann sammelt er die Sachen wieder zusammen und packt sie vor Kathi auf den Schreibtisch, den Revolver oben auf. Er geht dann wieder zum Sofa, bringt die Kissen und Decken dort etwas in Ordnung und ergreift seine Harmonika. Währenddessen:) Jambo mtoto bana-bubi? Wie geht kleine Bana Bubi?

Kathi (immer noch auf den Brief vor sich starrend, wie geistesabwesend): Oh, gut! (Ihr Blick fällt auf den Revolver, sie nimmt ihn und betrachtet ihn.)

Hatim: Wird Hatim bald kleine Bubi schöne Lied spiel! Hatim hat gelernt! (Spielt ungeschickt auf der Harmonika und singt dazu.) Daitschland, Daitschland über alles — (Bemerkt den Revolver in Kathis Hand, wirft seine Harmonika weg, läuft rasch zu ihr und nimmt ihn ihr aus der Hand.) Weye je, laite! Frau nir das anfaß! Is Kugela in, geh los — bum! (Legt den Revolver an eine andere Stelle des Schreibtisches.)

Kathi (murmelt): Wär' net schad d'rum!

Ewert (tritt von links herein, fertig angekleidet, in bequemem Morgenanzug.) So Käthchen, mein Herzblatt! Da hast du einen frischen, saubern Liebhaber — eben dem Bade entstiegen. Komm, gieb mir 'nen Kuß!

Kathi (erhebt sich, fast taumelnd, ergreift den Brief und hält ihn Ewert entgegen): Sei nicht bös! Ich hab das hier gelesen.

Ewert: So — du stöberst in meinen Papieren, unartiges Kind du! (Nimmt ihr den Brief fort, ergreift ihre Hand, versetzt ihr einen leichten Schlag darauf und küßt sie dann.)

Kathi (mit aufleuchtender Hoffnung): Du warst nicht dort?

Ewert: Nein, Liebchen, ich habe die arme Dame ver gebens warten lassen. Ich war ja gestern in Hamburg.

Kathi: Wirklich?

Ewert: Halloh! Glaubst du mir nicht? (zu Hatim): Du, Kerl, antworte! Wann ist dieser Brief gekommen — hier dieser, der so schön riecht. (Hält ihm den Brief unter die Nase.)

Hatim: Dies Brief is gekomm' — Bana forte sein, gester Abende.

Ewert: So — und wann hab' ich ihn aufgemacht?

Hatim: Zehne Minute. (Spreizt ihm seine zehn Finger entgegen.)

Ewert (Kathis beide Hände ergreifend und ihr lächelnd in die Augen sehend): Na — also!

Kathi (fällt ihm um den Hals): Ach Franz!

Ewert: Hatim! abschwirren!

Hatim: Ewallah! (Grinsend ab durch die Mitte.)

Ewert (zieht Kathi zu sich auf das Sofa und herzt und küßt sie): Siehst du, du dummer Kerl! Wer hat mir denn geschworen, nicht eifersüchtig zu sein?

Kathi: Ach Franz! du weißt ja nicht — denke dir doch nur — die Dame war bei mir, gestern Nachmittag.

Ewert:: Frau Gerth war bei dir? Da soll doch gleich . . . . I, das ist ja ganz unmöglich! Außer dem Grafen Malte weiß kein Mensch etwas von unserm Verhältnis und d e r plaudert nichts aus, darauf möchte ich die Hand in's Feuer legen. Was wollte sie denn von dir?

Kathi: Dich — wollte sie von mir.

Ewert: Mich? Haha. Das tolle Weib! Das sieht ihr ähnlich. Erlaube, daß ich mir auf den Schreck eine Tasse Kaffee genehmige. Nun erzähle doch!
(Er verzehrt während des Folgenden ruhig sein Frühstück.)

Kathi: Also denk dir! Ich sitze gestern Nachmittag nichts ahnend da und lese ein Buch. und warte auf dich. Da schellt's draußen und die Mutter kommt ganz aufgeregt gelaufen: eine feine Dame wollt' mich sprechen! Also, wir lassen sie herein und sie fragt mich gleich, ob sie das Vergnügen mit Frau Doktor Ewert hätte?

Ewert (kauend): Ach! Sie hat dir ihren Namen genannt?

Kathi: Nein. Erst hat sie gar keinen Namen genannt und hat vorgegeben, sie käme wegen einer Sammlung zum Besten der Mission in Unjamwewe, weil doch dort die deutschen

Missionare ermordet worden sind. Natürlich sagt' ich ihr gleich, du wärst gar nicht verheiratet; ich kennte dich nur so und bat um ihren Namen. Da nannte sie sich Frau Pastor Schulze.

Ewert (lachend): Pastor Schulze? Das ist ausgezeichnet! Die sieht auch gerade wie eine Pastorsfrau aus! Hast du ihr das geglaubt?

Kathi: Aber nein! Wie's mich immer so fixiert vom Kopf bis auf die Füß' ist mir die Sach' zu dumm geworden und ich hab sie gerad' so fixiert. Auf einmal ist mir's ein gefallen, daß ich sie kenn' — weißt, vom Presseball! Da hab' ich mir's recht genau ang'schaut, weil du immer mit ihr um= einander g'stiegen bist — so Gesichter merk ich mir sein!

Ewert (faßt sie auf's Oberläppchen, lachend): Du bist ein herziger Affe!

Kathi: Ach geh' zu! Willst etwa dein' Spott mit mir treiben? Mir ist's wahrhaftig net zum Lachen g'wesen, das kannst mir glauben. Ich hab's doch gleich von Anfang an g'spürt, daß die Frau nur gekommen ist, um zwischen uns was anzustiften — und auf einmal bin ich aufgestanden und hab ihr's gerad' in's Gesicht g'sagt: Sie sind die Frau Konsul Gerth! Oh, ich kenne Sie schon, meine gnädige Frau! Und ich weiß ganz genau, was Sie von mir wollen! Ich werd' es Ihnen gleich sagen, was Sie wissen wollen, damit Sie sich nur ja nicht umsonst bemüht haben: Ich bin seine Geliebte seit zwei Jahren — aber ich bin auch die Mutter seines Knaben! Wenn Sie glauben, daß er mich im Stich läßt, dann irren Sie sich gewaltig, meine gnädige Frau — net um Sie und um seine Prinzessin und um seine Königin net! (Kathi ist während der letzten Sätze lebhaft aufgesprungen und hat die Szene mimisch dargestellt.)

Ewert: Bravo, mein Schatz, bravissimo! Das hast du famos gemacht! Ich komm' dir was! (Trinkt ihr einen Schluck Kaffee zu, setzt jetzt dann die Tasse hin, rupft sich den Schnurrbart, steht auf und tritt zu ihr, seinen Arm um sie legend.)

Kathi (sehr lebhaft): Gelt Franz, du bist net bös, daß ich's so g'rad naus g'sagt hab? Aber ich hab' mich zu arg 'gift! Ah! und jetzt hätt'st 'd sehen sollen wie die schöne Dame blaß worden ist vor Zorn! (Wieder mimend): Nun mein liebes Kind — hat's mit so einem recht anzüglichen Blick zu mir g'sagt — es thut mir herzlich leid um Sie, aber Sie werden doch nicht im

Ernste glauben wollen, daß ein Mann von der Bedeutung Franz Ewerts die Thorheit begehen könnte, eine kleine Schauspielerin zu heiraten? Bereiten Sie sich nur darauf vor, daß er demnächst einen Abschied für immer von Ihnen nehmen muß!

Ewert: Ah! Wirklich? Weiß sie das so genau?

Kathi (seinen Hals umklammernd, angstvoll): Ist's am Ende wahr? Franz ich bitte dich, sag' mir die Wahrheit! Willst du mich verlassen?

Ewert: Ja, mein Liebling! ich muß dich verlassen. Vielleicht schon sehr bald; ich erwarte heute noch einen Bescheid, der mich vielleicht zwingt, sofort meine Koffer zu packen.

Kathi: Franz! Ich hab' dich verloren. Du gehst mit der!

Ewert: Nein, mein Liebchen — nicht mit der und mit keinem Weibe. Ich geh' in mein Königreich — nach Unsamwewe geh ich, wo solche Menschenfresser wie ich hingehören.

Kathi: Wie kannst denn so reden?

Ewert: Ja, hast du es denn nicht alle Tage in den Zeitungen gelesen, was ich für ein schlechter Kerl bin? Grausamer wie ein Sklavenjäger — ein Erztyrann — ein Mordgeselle — ein Schwindler, ein Abenteurer — ein Hochstapler — ach du lieber Gott! am liebsten möchten sie mich in's Zuchthaus bringen, blos damit sie die Auslagen sparen, die sie vielleicht daran wenden müßten, um das Königreich in Besitz zu nehmen, daß ich ihnen unverschämter Weise geschenkt habe.

Kathi: Aber gelt, du heiratest sie nicht?

Ewert: Wen? (Lachend.) Ah so! Dich interessiert ja natürlich nur die eine Frage. Oh, Weiber, Weiber! Wie soll ich sie denn heiraten, mein Schäfchen — sie hat ja schon einen Mann und große Kinder.

Kathi: Ach! die geht durch mit dir und läßt sich scheiden.

Ewert: Hat sie dir das gesagt?

Kathi: Nein, gesagt hat sie's nicht; aber so was fühlt man. Die ist zu allem fähig.

Ewert: Da könntest du Recht haben.

Kathi: Sie liebt dich sehr, nicht wahr? Rasend, gelt?

Ewert: Liebchen, quäle dich nicht, wozu denn? Ich hab dich lieb, du armer Wicht! (Küßt sie flüchtig.) So, und nun sei gut!

(Es klingelt draußen.)

Ewert: Hallo! Besuch? Das kann doch Graf Malte noch nicht sein? Der liebe Graf! Der prachtvolle Kerl! Ich sag' dir, seit wir den Spektakel im Reichstag gehabt haben wegen der ermordeten Missionäre ist der Graf von früh bis spät auf den Beinen und setzt alle Hebel in Bewegung. Das Reich beißt an! Heute hat der Graf bei Sr. Majestät Audienz erbeten.

Hatim (kommt durch die Mitte herein mit einer Visitenkarte): Bana! Besuf, seine Herr!

Ewert (liest die Karte): Arthur Rügheimer, Redakteur. Ja, was will denn der bei mir? Interviewen wahrscheinlich. Schmeiß' ihn raus!

Hatim: Hat Herr schon gehörte Bana reden, will Herr nix gehen.

Ewert: Hm, dumm!

Kathi: Schick mich nicht fort, bitte! Laß mich im Schlafzimmer warten oder in der Küche.

Ewert: Na — also schön! Bleib' du da; mit dem werd' ich bald fertig werden. (Zu Hatim): Laß ihn rein.

(Hatim ab. Kathi läuft schnell in's Schlafzimmer.)

Rügheimer, sehr sorgfältig gekleidet, in langem Paletot, Cylinder, Handschuhen und Spazierstock, tritt hinten ein. — Hatim schließt hinter ihm die Thür. — Rügheimer verbeugt sich affektiert militärisch.

Ewert (mit ausgestreckter Hand ihm entgegengehend): Ah, lieber Herr Rügheimer, was verschafft mir die Ehre? Darf ich bitten! (Weist ihm einen Sitz am Sofa an).

Rügheimer (verbeugt sich abermals förmlich, ohne die dargebotene Hand zu nehmen): Danke! (Setzt sich auf's Sofa.) Herr Doktor, es ist eine sehr ernste Angelegenheit, die mich zu ihnen führt.

Ewert (gemütlich): Nanu! Also schießen Sie los! (Wirft verschiedene Gegenstände von einem Stuhl, trägt diesen zum Sofa und setzt sich Rügheimer gegenüber).

Rügheimer: Pardon — so weit sind wir noch nicht.

Ewert: Na, dann darf ich Ihnen vielleicht eine Cigarre anbieten?

Rügheimer: Ich muß danken. — Ich komme im Auftrage des Herrn Konsuls Rudolf Gerth. (Sieht Ewert herausfordernd an.)

Ewert: Ja — und womit kann ich dem Herrn Konsul dienen?

Rügheimer: Sie werden es begreiflich finden, mein Herr, daß nach dem Vorfall im Hause des Herrn Konsul am Dienstag voriger Woche . . . . . .

Ewert: Am Dienstag voriger Woche? Ach so! Am Abend meiner Rückkehr aus London. Ja, was meinen Sie für einen Vorfall? Der Konsul war offenbar gereizt gegen mich, und die andern Herrn legten mir meine Auffassung von der Ermordung der Missionare als sträfliche Frivolität aus. Was wollen Sie? Die Herren haben doch gesehen, daß ich Recht behalten habe. Die Geschichte ist genau so gekommen, wie ich prophezeit hatte. Alle mehr oder minder der Kolonialsache abgeneigten Parteien waren auf einmal wie aus dem Schlaf aufgerüttelt. Das Reich betrachtet eine Straf-Expedition gegen die Mordgesellen als seine verfluchte Pflicht und Schuldigkeit und es ist so gut wie ausgemacht, daß man mich zum Führer dieser Expedition ernennen wird. Also ist doch alles in schönster Ordnung! Die Sache ist sogar noch glatter gegangen, als ich gehofft hatte.

Rügheimer: Pardon, Herr Doktor, darum handelt es sich hier gar nicht. Wir haben an jenem Abend alle unter dem Eindruck gestanden, als ob das Verhalten der Frau Gerth . . . .

Ewert: Erlauben Sie mal! Was geht das mich oder Sie an? Wenn der Herr Konsul die Begeisterung seiner Gattin mißbilligt, so ist das doch eine ganz interne Eheangelegenheit.

Rügheimer: Ganz wohl; aber der Herr Konsul Gerth steht entschieden unter dem Eindruck, als ob das Verhalten seiner Gattin nur erklärbar wäre durch — durch . . . . .

Ewert (springt ungeduldig auf): Aber mein bester Herr, nehmen Sie mir die Frage nicht übel: was gehen denn Sie die Gefühle der Frau Konsul Gerth an? Oder — ach so!

Sind Sie am Ende gar beauftragt mir eine Forderung zu überbringen?

Rügheimer: Allerdings mein Herr! Als alter Soldat war ich zweifelsohne der Nächste dazu, mich meinem verehrten Freunde zu diesem Dienste anzubieten.

Ewert: So, so! Hahaha!

Rügheimer (springt auf): Ich muß sehr bitten, mein Herr!

Ewert: Also schön! Regen wir uns nicht auf! Ich bin durchaus kein grundsätzlicher Gegner des Duells — ich kann mir Fälle genug vorstellen, in denen ein normaler Mann von Temperament Blut sehen muß. Es scheint mir nur sehr merkwürdig, daß ein so eminent friedliebender Herr wie Gerth aus freien Stücken so blutdürstige Anwandlungen kriegen sollte. Allerdings hat er dazu zehn Tage Zeit gebraucht.

Rügheimer: Ich gebe zu, daß es den Anschein hat. Der Herr Konsul hat sich auch erst entschlossen diesen Schritt zu thun, nachdem seine Gattin ihm, und zwar gestern, den Wunsch ausgesprochen hat, sich scheiden zu lassen.

Ewert: Ah — was Sie sagen! Sie verzeihen, mein werter Herr, aber ich halte es nicht für richtig über diese delikate Angelegenheit mit einem Dritten weiter zu verhandeln. Bitte, sagen Sie dem Herrn Konsul das und ersuchen Sie ihn, heute im Laufe des Nachmittags meinen Besuch zu erwarten.

Rügheimer: Sie gestatten, Herr Doktor: ich stehe hier vor Ihnen als Offizier. Als Mensch — ich meine, soweit meine Ehre als Schriftsteller oder als Kaufmann in Frage kommt, könnte ich mich vielleicht durch Ihre Antwort für befriedigt erklären, aber als Offizier muß ich es entschieden ablehnen, eine Ehrensache derartig unkommentmäßig behandeln zu lassen.

Ewert: Das ist mir ganz egal, mein lieber Herr! Ich gedenke die Sache vernünftig zu behandeln und halte das für besser als kommentmäßig! Damit muß ich Sie bitten, diesen Gegenstand fallen zu lassen. Wenn ich Ihnen sonst mit etwas dienen kann, bitte über mich zu verfügen.

Rügheimer: Keineswegs. Herr Doktor . . . .

(Er verbeugt sich steif.)

Ewert: Guten Morgen, Herr Rügheimer! hat mich sehr gefreut — guten Morgen! (Begleitet ihn bis zur Thür. Rügheimer ab.)

Ewert (sieht dem Abgehenden lächelnd nach, schüttelt den Kopf und steckt sich eine Zigarette — oder kurze Pfeife, nach Belieben — an, dann geht er zur Thüre links und tritt in's Schlafzimmer, drinnen sprechend): Na, mein Herzblatt! Was machst du denn da? Brr! Hier ist's kalt! Komm' doch 'rein — der Besuch ist fort!

Kathi (im Auftreten): Etwas Unangenehmes? Eure Stimmen wurden so erregt! Hast du den Herrn geschimpft?

Ewert (lachend): Ungefähr so! Dieser vielseitige junge Ehrenmann wollte mich veranlassen, meinen Freund und Wohlthäter kalt lächelnd umzubringen. So was finde ich eben spaßhaft!

Kathi: Um Gotteswillen! Du wirst doch nicht etwa ein Duell . . . . .

Ewert (schneidet ihr das Wort mit einem Kuß ab): Sei ganz ruhig, mein Engelchen! Für alle die Wohlthaten, die ich vom Hause Gerth empfangen habe, muß ich dem Konsul doch auch einmal eine Freude bereiten. Ich werde heldenmütig kneifen!

Hatim (durch die Mitte herein, flüstert Ewert grinsend zu): Kommte andere liebe Frau — schöne, liebe Frau!

Kathi (aufgeregt): Sie kommt zu dir?

Ewert: Wer? die Gerth?

(Hatim nickt eifrig.)

Kathi: Laß mich fort, ich will sie nicht sehen! Oder schick' sie fort, ich bitte dich!

Ewert: Oh nein! Sie kommt mir gerade recht! Bleibe du!

Kathi: Ich kann nicht, Franz! Bitte! (Läuft rasch in's Schlafzimmer.)

Hatim (hinten zur Mittelthür hinaus): Werd' ich 'reinlassen.

Ewert: Halt Hatim! Front! Stillgestanden! (Er packt ihn beim Kragen.) Da fällt mir was ein! Bist du am Ende der Esel gewesen, der der Frau Konsul die Wohnung unsrer lieben Frau verraten hat?

Hatim (zittert fürchterlich und ruft kläglich): Ah, looo! Alláh! Mamamye! olé wangu, olé, olé!

Ewert (ergreift eine Flußpferdpeitsche die ihm nahe zur Hand liegt und schwingt sie gegen Hatim): Siehst du, Halunke! Du hast unsrer lieben Frau das eingebrockt, warte! (Er schlägt nach ihm.)

(Hatim springt geschickt zur Seite, so daß er nicht getroffen wird und rennt unter mörderlichem Geschrei zur Thüre hinaus, durch welche soeben Leonore eintritt. Er drängt sich hinter ihr hinaus und schließt die Thür.)

Leonore: Ein merkwürdiger Empfang, mein grimmiger Herr Doktor! Was hat denn der arme Teufel verbrochen?

Ewert: Er hat Ihnen die Adresse meiner kleinen Freundin verraten, gnädige Frau! Das arme Kind hat sich furchtbar aufgeregt — und dafür muß doch irgend jemand die gebührenden Prügel bekommen!

Leonore (sieht ihn erstaunt an und stammelt mit dem Versuch die Sache leicht zu nehmen): Sie sind ja äußerst scherzhaft aufgelegt.

Ewert: Ja, warum nicht? Ich finde, daß man damit noch am besten über gewisse Schwierigkeiten im europäischen Verkehr hinwegkommt. Aber bitte, wollen Sie nicht die Güte haben, Platz zu nehmen?

Leonore (läßt sich, vollständig fassungslos, auf's Sofa fallen) Schwierigkeiten? Was soll das heißen? Ich begreife nicht .... ich bin .... Hast du denn — Haben Sie denn ganz vergessen, was ich für Sie gethan habe?

Ewert: Ich habe für meine Person nie etwas verlangt, gnädige Frau. — Bitte, sitzen Sie auch bequem? Gestatten Sie. (Er stopft einige Kissen unter ihren Rücken.) Was Sie für meine Sache gethan haben, das werden Sie hoffentlich nie bereuen.

Leonore: Ja haben Sie denn wirklich gar keine Vorstellung davon, was das für eine Dame bedeutet, so ohne jede Rücksicht auf das Urteil der Welt der Stimme ihres Herzens zu folgen?

Ewert: Nun — und? Darf ich Ihnen eine Zigarette anbieten?

Leonore: Ich habe in einer Weise vor der Gesellschaft Ihre Partei ergriffen, die einer öffentlichen Liebeserklärung gleich kam. Ich habe meinem Manne gesagt, daß ich Sie .... daß ich meine Freiheit wieder haben will, hab ich ihm gesagt! Und nun komme ich zu Ihnen am hellen Tage — ungescheut!

Ewert: Ja, gnädige Frau, das finde ich alles sehr unvorsichtig!

Leonore (springt auf, krampft ihre Hände vor Wut in eines der weichen Kissen und schleudert dieses beim Aufspringen zu Boden): Ah — das ist — gemein!

Ewert: Oh meine gnädige Frau, das möchte ich denn doch nicht so schroff . . . . . . (Legt das Kissen wieder an seinen Platz.)

Leonore: Dann waren also Ihre Beteuerungen einfach erlogen! Bloße Redensarten, mit innerem Hohngelächter mir in's Ohr geflüstert!

Ewert: Aber nein, durchaus nicht, gnädige Frau. Ich fand Sie anbetungswürdig — und ich sagte es Ihnen. Ich war hingerissen durch Ihre herrliche, rücksichtslose Begeisterung — ich war entflammt durch Ihre Schönheit! Es war die Stimmung, wissen Sie, die Gewalt der Stunde. Ich fühlte, wie sich Ihr ganzes Wesen mir zuneigte, und das setzte mich lichterloh in Flammen.

Leonore: So! — Und zu Hause legten Sie sich ruhig in's Bett und schliefen traumlos aus, nicht wahr? Ein Rausch von fünf Minuten Dauer — hahaha!

Ewert: Gnädige Frau, vergessen Sie nicht, es sind acht Tage seitdem vergangen, in denen mich aufregende Sorgen und Pflichten für meine Sache ganz und gar in Anspruch nahmen.

Leonore: Glauben Sie vielleicht, daß ich in diesen Tagen so ruhig fortgelebt habe? Konnten Sie sich denn nicht vorstellen, was meine That für mich für Folgen hatte? Haben Sie mit keinem Gedanken an mich gedacht? Sie konnten ruhig warten bis ich Ihnen schrieb — und dann haben Sie einfach nicht geantwortet und sich vergebens erwarten lassen!

Ewert: Ich war gestern Abend in Hamburg und habe Ihren Brief erst heute Morgen erhalten!

Leonore: Ist das wahr? Wären Sie gekommen, wenn Sie rechtzeitig meine Einladung erhalten hätten?

Ewert: Ich wäre höchst wahrscheinlich nicht gekommen.

Leonore (wütend hin und her gehend): Ah, das ist empörend!

Begreifen Sie denn gar nicht, was Sie mir anthun? Sie Un=
mensch! Ich habe Ihnen alles geopfert was eine Frau in meiner
Stellung ihre heiligsten Güter nennt; ich habe mich selbst ver
stoßen aus der Familie, aus der Gesellschaft! Ich komme zu
Ihnen mit einem Herzen voll Liebe, nur voll Liebe, um zu
betteln: nimm mich mit dir! mache mit mir, was du willst! —
Und Sie bieten mir lächelnd eine Zigarette an und höhnen mir
in's Gesicht: warum warst du so dumm? Ich wette, Sie würden
mich gerade so gleichgiltig mit einem Strick um den Hals hier
an Ihrem Fensterkreuz hängen sehen, wie irgend einen Ihrer
rebellischen Neger, den Sie kurzer Hand am nächsten Baum auf
knüpfen ließen, da unten in Unsamwewe! Unmensch! Unmensch!
Wer bist du, daß du uns so die Köpfe verdrehen und die Herzen
zerfleischen kannst und lächelnd weiter schreitest auf deinem blutigen
Wege zum Ruhme!

Ewert (in Bewunderung ihrer Gestalt versunken): Ich bin einfach
ein Mann, der weiß was er will. Ein Mann, der in dem
Glauben lebt, er habe eine große Aufgabe zu erfüllen. Soll ich
darum ein Unmensch sein — oder vielleicht gar der berühmte
Übermensch? Ah — das wär' doch schlimm! — Am Ende bin
ich nur kein — Damenmann. — Liebe, schöne, gnädige Frau —
versuchen Sie doch, es nicht so tragisch zu nehmen! Es muß
ein stolzes Gefühl sein sich von Ihresgleichen geliebt zu wissen —
ein wunderbarer, süßer Traum — — aber ich darf nicht träumen,
ich muß wach bleiben! (Ergreift ihre Rechte.) Verzeihen Sie mir!
(Es klingelt draußen.)

Leonore (rasch): Lassen Sie mich gehen!

Ewert (rasch nach der Thür eilend): Halloh! Was ist das? Man
darf Sie hier nicht finden. Das Nilpferd, der Hatim, ist im
stande . . . . . .

Leonore (ist gleichfalls erschrocken nach der Thür geeilt und bemerkt jetzt
auf einem Stuhl dicht daneben Raths Sachen, ergreift Hut und Jacke, hält sie empor,
und schleudert sie auf den Stuhl zurück): Ah! Da haben wir ja des
Rätsels Lösung! Wegen dieser Person muß ich mir solche Schmach
anthun lassen! Sie ist hier, nicht wahr? Sie hat Ihnen wohl
etwas vorgeweint und darum werde ich mit Fußtritten . . . . .

Ewert (heißt sie mit einer gebieterischen Handbewegung schweigen, irrt rasch
nach der Schlummerthür und ruft hinein): Käthchen! Ich bitte dich,
komm heraus!

Kathi tritt herein und bleibt unschlüssig und ängstlich dicht neben der Thüre stehen. Im selben Augenblick wird die Mittelthür heftig aufgerissen. Gerth stürmt herein, hinter ihm Rügheimer, der Hatim, welcher ihm den Eingang wehren will, zurückstößt.)

Gerth (außer sich, vermag kaum zu reden, zu seiner Frau): Also wahr! Hier finde ich dich! (Drückt Rügheimer die Hand.) Ich danke Ihnen, mein Lieber! (Zu Ewert.) Sie werden mir Genugthuung geben, mein Herr!

Ewert: Darf ich zunächst fragen, weshalb Sie sich so aufregen, meine Herren?

Rügheimer: Ich sah die gnädige Frau, unmittelbar nachdem ich Ihr Haus verlassen, aus einer Droschke steigen und hier hereintreten und da hielt ich es für meine Pflicht, den Herrn Konsul, der im Café an der Ecke den Erfolg meiner Mission abwartete, auf diesen merkwürdigen Schritt seiner Frau Gemahlin aufmerksam zu machen.

Gerth: Jawohl! Jetzt habe ich Euch erwischt! — Jetzt werde ich meine Maßregeln zu treffen wissen — und jetzt will ich meine Genugthuung haben — habt Ihr mich verstanden?

Ewert (lächelnd): Sie waren vollkommen deutlich, Herr Konsul! Aber Sie gestatten mir vielleicht, Ihnen zunächst einmal meine Gattin — (Nimmt Kathi bei der Hand und führt sie einige Schritte vor.) Fräulein Kathi Weinzierl — vorzustellen.

Rügheimer und Gerth (beide sehr perplex): Ihre — Gattin?

Ewert: Allerdings, meine Herren — meine Gattin, Mutter meines hoffnungsvollen Sohnes und getreue Kameradin in trüben wie in heitern Tagen. Was wollen Sie mehr?

Kathi (schmiegt unwillkürlich ihre Wange einen Augenblick an Ewerts Schulter und flüstert leise und dankbar): Franz!

Ewert: Haben Sie etwas dawider, Herr Konsul, wenn Ihre Gattin die meinige besucht?

Gerth: Oh, ich — ich muß gestehen . . .

Rügheimer: Es wäre doch wohl notwendig, unter uns dreien, ohne die Gegenwart der Damen, zu verhandeln.

Ewert: Pardon, meine Herren, das muß ich ablehnen. Ich habe weiter kein anständiges Zimmer für die Damen zum

Warten zur Verfügung. Übrigens habe ich vor meiner lieben, kleinen Freundin durchaus keine Geheimnisse, und Sie, verehrter Herr Konsul, vor Ihrer Frau Gemahlin vermutlich auch nicht. — Und schließlich ist die Sache doch auch überaus einfach! Sie wollen mich zur Verantwortung ziehen, Herr Konsul, für ein Verbrechen, das gar nicht verübt worden ist.

Gerth: Aber Sie haben meiner Frau Ihre Liebe gestanden — wenn Sie denn durchaus wünschen, daß diese Angelegenheit vor den Ohren Ihrer Freundin verhandelt werde.

Leonore (welche beim Eintritt der beiden Herren bis an den Schreibtisch zurückgewichen war und unbeweglich, Kathi mit feindseligen Blicken musternd, dort verharrte, tritt leidenschaftlich einen Schritt auf ihren Mann zu: Ich verlange von dir, wenn du ein Ehrenmann bist, daß du die Schmach rächst, die mir dieser Herr angethan hat.

Gerth (ganz erstarrt): Leonore!

Rügheimer: Das ist doch selbstverständlich, gnädige Frau!

Ewert (zu Gerth): Selbstverständlich? Finden Sie das auch, verehrter Freund! Erst lassen Sie mich auffordern, Sie anzuschießen, weil ich Ihrer Gattenehre zu nahe getreten sei — und jetzt sollen Sie sich bereit erklären, sich umbringen zu lassen, weil ich Ihrer Gattin nicht zu nahe getreten bin. Wenn das nicht heller Wahnsinn ist, dann weiß ich nicht!

Gerth (hilflos): Begreifen Sie, Rügheimer?

Rügheimer: Der Herr ist eben nicht Offizier gewesen.

Ewert (sich reckend und seine Muskeln spielen lassend): Meine Herren! Sie werden mir vielleicht glauben, daß ich über einige Körperkräfte verfüge — und an meinem Mute werden Sie auch kaum zweifeln. Ich getraute mir wohl mit Ihnen beiden fertig zu werden — ohne Anwendung von Schießgewehren. Natürlich müßte ich einen Grund haben, auf Sie über die Maßen erbost zu sein. Der liegt aber durchaus nicht vor. Im Gegenteil, ich schätze Sie hoch und Sie haben mich zu außerordentlichem Dank verpflichtet. (Streckt ihnen beiden je eine Hand hin.)

Rügheimer (sich steif zurückbiegend): Ich muß bedauern.

Gerth (die Hand brüsk ausschlagend): Sie haben meiner Frau eine Liebeserklärung gemacht.

Ewert: Allerdings — ich — konnte nicht umhin. Ich bitte die gnädige Frau um Verzeihung dafür, daß ich mich dazu hinreißen ließ. Und Ihnen, mein verehrter Herr Konsul, sage ich hiermit ganz offen: Wenn im Augenblick des Rausches die Gelegenheit günstig gewesen wäre, so würde ich sie vermutlich ergriffen haben — ohne Gewissensbisse — und mich noch hinterher bei meinem Gott bedankt haben für die selige Stunde. Aber — mit kaltem Blute und mit Bewußtsein auf Hintertreppen zu Rendezvous schleichen, in ewiger Furcht vor Dienstboten und Überraschungen, heucheln, Komödie spielen, mit Lächeln den Freund und Wohlthäter betrügen, nein — das thu ich n i c h t!

Gerth: Das — das mag alles recht schön sein; aber Sie haben uns beide gesellschaftlich unmöglich gemacht.

Ewert: Ach — Ihr mit Eurer alt gewordenen Gesellschaft, Ihr könnt einfach die natürlichen Dinge nicht natürlich nehmen. Ich aber, meine Herrschaften, ich kann — Gott sei Dank — Eure Tragödien nicht tragisch nehmen.

Rügheimer: Unglaublich, das ist ja der Umsturz!

Ewert (zu Rügheimer): Jawohl! Ihr Hampelmänner der Gewohnheit stürzt alle um, wenn der Hauch der Vernunft über Euch hinweg weht!

Rügheimer: Mein Herr, ich werde Ihnen meine Zeugen schicken.

Ewert: Ah! Bemühen Sie die Herren nicht unnötig!

(Rügheimer wütend ab.)

Ewert: Herrgott, das war dumm! Der Herr macht jetzt flau in seiner Zeitung und Unjamwewe wird noch weiter fallen. (Zu Gerth): Nun, Herr Konsul, sind Sie befriedigt? Habe ich nicht Recht?

Gerth (sieht unschlüssig und verlegen da, von einem zum andern schauend): Ich weiß nicht — Ihre Ansichten sind so abweichend .... Leonore, wollen wir nicht ...

Leonore (bricht fassungslos, mühsam die Thränen unterdrückend, auf dem Stuhl vor dem Schreibtisch zusammen): So elend — so elend gemacht ... oh!

Kathi (geht rasch zu Leonoren und legt ihr die Hand auf die Schulter, sehr herzlich): Arme gnädige Frau! Sie haben ihn sehr lieb gehabt! Bitte, bitte, seien S' ihm nicht bös! Schauen S', er denkt ja nur an seine große Aufgabe. Wir Frauen spielen ja gar keine Rolle in seinem Leben. Glücklich sein mit ihm als Frau kann man nur, wenn man so unbedeutend ist wie ich. Sie können das nicht, arme gnädige Frau!

(Leonore überläßt Kathi ihre Hand, die sie beruhigend streichelt.)

Ewert (tritt hinter Kathi, biegt ihr den Kopf zurück und küßt sie): Du gold'nes Herz du! Wie du mich kennst! Ja, Ihr guten Frauen, es ist einmal nicht anders. Wir Männer der harten Arbeit und der neuen Wege können Euch nur an unseren seltenen Sonntagen brauchen. Ihr klugen, feinen Damen der westeuropäischen Gesellschaft vollends, Ihr meint, die bedeutendsten Männer seien gerade gut genug, um Euch zu Füßen zu liegen. Ist es denn wirklich ein so großer Verdienst, im Wohlleben aufgewachsen und etwas gebildeter und geschmackvoller zu sein als die übrige Weiblichkeit? Müssen darum schaffende Männer sich eine Ehre daraus machen, um Eurer schönen Augen willen ihre Fahne im Stich zu lassen? Ihr seid uns zu anspruchsvoll, meine liebe, gnädige Frau — darum haben wir — offen gestanden — Angst vor Euch, selbst wo wir für Euch schwärmen. Und wirklich lieben können wir nur die kleinen Mädchen, die I h r verachtet.

Gerth (tritt schüchtern zu seiner Frau).

Graf Malte und **Graf Dedo** (stürmen, ohne anzuklopfen durch die Hintertür herein. Hinter ihnen Halim. Ersterer schwenkt einen großen Brief in der Hand, beide rufen übermütig): Hurrah! Hurrah! Hurrah!

Ewert (auf sie zu, freudig erregt): Unterschrieben?

Graf Malte: Jawohl! Soeben hat Majestät seinen Namen unter die Urkunde gesetzt!

Ewert: Hurrah! (Er thut einen Luftsprung und benimmt sich wie närrisch vor Freude.) Meine Herrschaften! Ich stelle mich Ihnen vor als Reichs Kommissar für Unsamwewe, mit unbeschränkter Vollmacht! Selbstherrscher aller Kaffern! Graf, du bist ein herrlicher Mensch, daß du das durchgesetzt hast! Es ist zwar furchtbar frech von mir, dir das D u so trocken anzubieten, aber ich kann mir nicht helfen! (Umarmt und küßt den Grafen Malte.)

Graf Malte: Mein lieber Freund, von ganzem Herzen

gönne ich dir das brüderliche „Du". Jetzt wirst du an deinem Platze sein, du wilder Kerl — hahaha!

Ewert: Gott sei Dank, daß ich heraus darf aus Eurem mussigen Bierstübl! Deutschland, du bist ein Bierstübl und deine sogenannte Gemütlichkeit ist himmelschreiend! Hinaus in die Freiheit! Ah! Ich spüre schon die Ozean=Brise mir um die Nase wehen! Jungfräulichen Boden pflügen, aus Tieren Menschen schaffen — (Seine Hand auf Graf Dedo's Schulter legend.) Nun junger Freund, was meinen Sie dazu? Ich sage Ihnen, ich bin un= bändig lustig! Wir werden Könige spielen, da draußen, wir zwei, und es besser machen, wie die Herr Kollegen hier zu Lande! Wir werden mit der Krone im hellen Sonnenschein spazieren gehen und unzufriedenen Unterthanen das Szepter um die Ohren schlagen.

Graf Dedo: Ob ich mich darauf freue! Ich bin bereit zu jeder Stunde.

Ewert: Sie Glücklicher! Wenn Sie heimkommen finden Sie eine reizende Braut und eine Million, die Ihrer warten. (Zu Gerth und Leonore): Ihr gönnt sie ihm doch?

Graf Dedo: Ja, wenn ich heimkomme!

Ewert: Ach was: das Leben ist unbezahlbar und der Tod ist Wurst — das ist meine afrikanische Philosophie. Machen Sie sich die zu eigen, Graf!

Gerth (wider Willen lachend): Ach, Sie unglaublich grotesker Mensch!

Ewert (umarmt den Konsul): Danke — unglaublich grotesker Mensch acceptiere ich dankend. Sie dürfen mich prügeln, wenn Sie mir noch böse sind — ich halte still. (Plötzlich Kathi in den Arm nehmend und sie wild küssend und herzend): Und dir danke ich auch! Dir dank ich über alles! Du kleines — heiliges Weibchen! Sitz du mir nicht still und weine — sondern bleibe mir fröhlich, treu und stolz in deiner Demut. (Dem Grafen Malte die Hand reichend): Lieber Malte, dir befehle ich sie an. Du weißt, was ich an ihr habe: du wirst sie nicht verachten, weil sie mein war.

Graf Malte (wehmütig): Du mutest mir viel zu, lieber Freund!

Ewert: Ja siehst du, das hast du nun davon! Warum

bist du so ein Edelmann, so durch und durch vornehm und zu= verlässig? Man muß verstehen, seine Freunde auszunützen! (Sehr herzlich zu Leonore): Gnädige Frau, bitte, bitte nicht mehr böse sein! Sein Sie doch froh, daß Sie mich los werden. (Streckt ihr die Hand entgegen.)

Leonore (legt die ihre hinein, rasch und leise): Glückliche Reise!

Ewert (küßt ihr die Hand): Das war brav. Ich danke Ihnen. — Kinder! Jetzt gehen wir alle zu Dressel, jetzt mag der Sekt in Strömen fließen! Hatim, mein Junge! Nun freue dich doch! morgen packen wir die Koffer, es geht nach Afrika!

Hatim (stößt einen langen Freudenjauchzer aus): Hayala la la la!

Ewert: Tusch! Kerl! Tusch! Wo hast du denn deinen Wimmerkasten?

Hatim (ergreift seine Harmonika, spielt und singt:

Daitschi, kidaitschi über alles . . .

(Indem die Herren lachend einfallen und sich, Hatim an der Spitze, in Bewegung setzen, gefolgt von Ewert mit Kathi, Graf Malte mit Gerth und Tete mit Leonore, fällt der Vorhang.)

Ende.

Buchdruckerei Roitzsch vorm. Otto Noack & Co.

Hatims Lied.

Mässig schnell.

I. Pa - ni ki - ti ni - kae ki - ta - ko,

tum-bui - ze wan-gu Ma - na - na - zi,

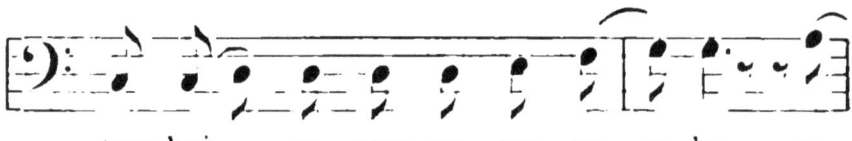

tum-bui - ze wan-gu ma - na m - ke m-

pan-gua ha - mu na si - man - zi.

Hu - si - ma - na - ti - ni wa - m - lan - go

ki - wa n - de kwen-da ma-tem-be - zi,

ki-wa n-de ka-in-gi-a shu-gu-li, ki-wa-

am - bia wak-we waan - da - zi.

NB. W wird wie im Englischen ausgesprochen, z wie weiches s.

Zu Deutsch würden die beiden Verse etwa lauten:

Bringt mir einen Stuhl, daß ich mich setze
Und meine Mananasi tröste,
Mein liebes Weib, das meine Seele
So oft von bösem Leid erlöste.

Ruft des Morgens mich die Pflicht von hinnen,
Stehet sie, mit Blicken zu geleiten
Mich, den Gatten, tummelt dann die Mägde,
Mir ein schmackhaft Mahl wohl zu bereiten.

Entnommen aus „Geschichten und Lieder der Afrikaner" von A. Seidel. (Berlin, Schall und Grund.) Die Melodie hat der Verfasser mit Anlehnung an ein Ambundu-Lied aufgesetzt.